今日も絵に描い
餅が美味い

kyou mo
e ni kaita
mochi ga umai

1

もちもち物質
Mochimochi matter
イラスト 転
illust:Kururi

TOブックス

kyou mo
e ni kaita mochi ga umai 1

Illust.：転
Design：BEE-PEE

CONTENTS

＊プロローグ

夏休みが近づいたその日、僕は学校帰りに画材屋に寄って、そのまま先生の家に行った。買ったばかりの画材を置かせてもらうため。それから、絵を描くため。

今週の昼食代で買ってきた絵の具を開けて、キャンバスに向かう。

……僕はこの日初めて、油絵をやる。

高校生になってから昼食代としてお金を渡されるようになって、それでやっと、油絵の具やその他の画材を買うことができるようになったばかりだから。

中学生の頃はずっと、鉛筆だけで絵を描いていた。それを見かねて先生が画材を買ってくれようとしたこともあったけれど、あまりに申し訳ないから断った。家の一室を借りてるのに、更に迷惑をかけるわけにはいかない。

だから、僕が使える画材は、筆記用具だと言い張って使っている鉛筆と、学校で配られた（つまり親が存在を知らない）ノート一冊。要らないプリントの裏。地面と木の枝。コンクリート床と雨水。そんなところだった。

……そして僕が高校に進学して、『一週間の昼食代として渡されている二千五百円で買えるだけの画材』が僕の持ち物に加わった。

決して自由じゃない。でも、それが案外楽しい。

最初は鉛筆とコピー用紙だけだったけれど、昼食代で画材を買うことを思いついてから、少しずつ道具が揃っていった。最初は水彩の道具を一式買った。次はアクリル絵の具。小学校で使っていた水彩絵の具や中学校で使っていたアクリル絵の具は、捨てられてしまったから、それらを買い戻すつもりで。

先生が教えてくれた画材屋は僕が知らないものだらけだった。知らない色の絵の具が沢山あった。何種類も筆が並んでいた。水彩画用の画用紙がある事を、初めて知った。ただ、そこに居るだけで楽しかった。

画材を買うためなら、昼食を食べなくても平気だった。むしろ、空腹が画材に繋がるのだから、空腹になればなるほど、なんとなくわくわくした。僕に必要なのは食べ物よりも、絵を描くことだったんだと思う。

そうして……今、やっと油絵の具に取り掛かっている。

最初に買ったのはイーゼルだった。それからキャンバス。筆やパレットを買ってきて、油を買ってきて、それから今日、絵の具を買ってきた。

……ずっと、油絵をやってみたかった。使ったことが無い画材だったから興味があったし、何より、中学校や、今年入学したばかりの高校の美術部の人達が油絵を描いているのを見て、少し憧れだった。ずっとやりたくて、でも、ずっとやれなかったことを、やってみたかった。

「お。ついに絵の具まで全部揃ったんだね」

古い美術の教科書と資料集を片手に油絵の具と格闘していたら、先生がやってきた。

……先生は僕の親とも、学校の人達とも違う大人だった。

だって、僕が絵を描いていても、怒らない。

何なら、怒らないどころか家の一室を僕の居場所として貸してくれている。先生が昔使っていた美術の教科書や資料集を引っ張り出してきて僕に貸してくれたりもする。僕の教科書は捨てられてしまったから、僕はずっと、先生から貰った、先生のものだった古い教科書を参考にして絵を描いている。

「トーゴ。また昼食代をケチったのか」

「うん」

先生は呆れたように笑う。これもいつものことだった。でも、先生は決して、僕を止めはしない。

「全く、君も中々やるじゃないか。でも残念ながら、人間というものは食べなければ死ぬ生き物だぜ」

先生はそう言って、僕の前に麦茶のコップと、茹でた切り餅の皿を置いた。

「去年の正月の残りだが、立派なエネルギー源だ。炭水化物だ。こだわりが無ければ食べておきなさい。そして僕の家の餅の消費に貢献していけ」

「うん。ありがとう」

先生の家では時々、『エネルギー源』をもらう。家を借りて居座らせてもらって、荷物まで置かせてもらって、その上で食べ物まで貰うなんてあまりにも申し訳なかったけれど、餅はしょうがない。

……だって、先生は餅が嫌いだ。僕が食べない限り、この家から餅は消えない。

だから、僕がこの家で貰うものは、大抵、餅か、庭で採れた野菜か、貰いもののお菓子か……あと素麺。先生が『また今年も送られてきた』と渋い顔で言いながら茹でては、全部僕に食べさせる。

先生は素麺が嫌いらしい。僕が素麺を食べている時、先生はめんつゆを飲んでいる。絶対に体に悪いけれど、僕は先生を止めない。僕が昼食を抜いていても先生は止めないんだから、先生がめんつゆを啜っていても僕は先生を止めない。僕らはそういう間柄だ。

「それから、ビタミンも食べておけ。今年は中々、豊作だよ。君のおかげだな」

それから、先生は僕の前にミニトマトが載った皿を置いた。このミニトマトは、この家の裏の畑で採れた奴だ。世話は僕も手伝うから知ってる。

ミニトマトはそんなに大きくない皿の上、十個以上が積み上げられて、小さな赤い山になっていた。

……その、赤い小さな山が窓から射し込む光にきらきら煌めくのを見て、なんとなく、食べるのをやめた。

「おや、トーゴ。食べないのかい？　トマトは嫌いじゃないだろう？」

「うん」

僕はミニトマトが載った陶器の皿を、キャンバスの横の机の上に置いた。

「描きたくなったから」

先生は笑った。楽しそうに、嬉しそうに笑った。

「ははは、そうか、そうか。なら僕は止めないとも。ただ、描いたらちゃんと食べるんだぞ。スタッフが美味しくいただきました、は大切な文化だからな」

「うん」

僕が下描きを始める横で、先生は適当な椅子に座ってじっと僕を眺めていた。

「……人間は食べなければ死ぬ生き物だ、とは言ったが、逆に、食べ物を前にして食べずに死ねるのもまた人間だな。僕も時々やりそうになるが」

それから、そう言ってまた、笑った。

「きっと君もそういう性質だな。たとえ死にそうになったって、絵を描くことをやめられないだろう」

「うん」

そういう性質だ。そういう生き物なんだ。先生と同じで、僕もそうだ。

「僕はやめないよ」

止められたって、怒られたって、道具全部捨てられたって……何の役にも立たなくたって、それでも僕は、描いている。

「僕は死んでも、描くのをやめない」

＊絵に描いた餅が餅になる

ぼんやりしながら僕は起きた。何かの夢を見ていた気がするけれど思い出せない。夢っていうのは記憶の整理だって聞いたことがあるんだけれど、それを忘れたってことは、僕は記憶の整理を完了したってことなんだろうか。

「……これは絶対に整理しきれてないやつだ」

けれど起きた僕には、分かった。

多分これ、記憶の整理は完了してなくて、何なら、夢どころじゃなくて、僕の記憶自体がすっぽり消えてるやつだ、と。

だって見たことないよ、こんな森。どこだよ、ここ。

森は森だった。ひたすらに森だった。

上を見上げれば、木の葉がさらさら音を立てながら揺れている。枝についた無数の葉っぱが太陽の光に透けて緑色。葉っぱの間を抜けて落ちてきた木洩れ日が、森特有のふわふわした土を照らしている。

……どこだろう、ここ。

僕の家の傍にこんな森は無い。駅の近くの高層マンションが僕の自宅だから、こんなに広々とした森なんて、近所には無い。

ということは、寝てる間に誰かに運ばれた？　何のために？　或いは僕が夢遊病患者で、自力でここまで来た？　でも徒歩で来たにしてはおかしい場所だ。こんな所、徒歩圏内には無い。それで……そもそも僕は、ここに来る前、どこに居た？　本当に自宅に居たんだっけ？　どう考えてもこれ、何かがおかしい。絶対に何かがおかしい。記憶はあやふやだし、状況はもっと訳が分からないし。でも……まあ、いいか。ここで考えていても埒が明かない気がする。とりあえず歩いてみよう。考えるのはそれからでもいいと思う。

歩いた。で、一歩目で気づいたのは、普通に靴を履いていたこと。学校に行くときの靴だった。ついでによくよく見たら、着てるものも学校の制服だった。黒いズボンに白いワイシャツ。あと学ラン。全部、特に何の変哲もない普通のやつ。まあ、僕は学校の制服じゃない服を着てる時は大抵パジャマだから、要は『この森に来る前は日中でした』くらいの意味しかないけれど……。

……まあいいか。とりあえず、全裸じゃなくてよかった。

それから、歩いて百歩くらいしたら、気づいたのが……植物。

「見たこと無い植物がいっぱいだな……」

百歩歩いただけで、知らない植物がいっぱい見つかっちゃったのは、これは一体、どういうことだろう……。

これは大事件だ。どう考えても、ものすごく、何かがおかしい。

植物図鑑のどこにも載ってなさそうな、変な植物が生えてる。これが夢じゃなかったら、世紀の大発見扱いだろう。

今、僕の足元に生えているのは……人工物みたいな植物だ。ミルク色のガラスでできているみたいな釣り鐘型の花の中には、豆電球みたいに光る玉があって、ランプのようになっている。『こういうランプシェードです』って言われたらそれで納得するけれど、これ、地面から生えてるんだよな。

それから、石みたいに硬い巨大なキノコ、みたいなものもある。『こういう机です』って言われたらこれまた納得できるだろう。これ、何でできてるんだろう？　石？　少なくともしいたけとかエリンギとかとは全く違う感触だ。

あと、音を聞かせたら踊り出す花のおもちゃ。なんだっけ、フラワー・ロックンロール？　あれのリアル花バージョンが生えてた。音に合わせて滅茶苦茶に踊ってる。花が。踊ってる。

……どう考えても変だ。

何というか、『気づいたら知らないところに居る』とか『もしかしたら僕は夢遊病かもしれない』とか、そういうレベルじゃないおかしさだと思う。

……もしかして僕は、その……異世界、とかに、来てしまった、のだろうか？

「困ったなあ……」

とりあえず、困った。困ったな。

いきなり知らないところに来てしまった。これ、絶対に科学で説明できないやつだ。本当に困った。

＊絵に描いた餅が餅になる

しかも更に困ったことに、ここに来るまでの記憶がすっぽり無いから、どういう風にここに来たかも分からない。となると、来た時の逆のことをやれば帰れる、なんていうわけにもいかないから、僕は元の場所に帰るための手掛かりを本当に何も持っていないことになる。

いよいよ絶望的な状況、だけれど……不思議と、そこまで不安じゃない。

いや、考えれば考える程、不安は不安なのだけれど、その、頭は不安がっていても、心はそんなに不安がっていない、というか……ご近所を散歩していたら知らなかった公園を見つけた、くらいの気持ち、というか。うーん、不思議だ。なんでだろう。僕、こんなに楽天的な性分だっただろうか？

……まあいいや。なんでここに来たのかは分からないけど、分からないものはしょうがない。帰り道が分からないのも、今はしょうがない。変な場所に迷い込んでしまったみたいだけれど、幸いにも気分は上々。訳の分からない現実を見据えて動くには丁度いい。

そうだ。何も分からないなら分からないなりに、今できることをしよう。じゃないと、遭難して……死ぬ。

……いや、それくらいは分かるよ。気分がそこまで不安じゃなくても、頭で考えればいくらでもまずい要素は見つかるよ……。

まず、状況確認。

ここは見知らぬ森の中。緑が綺麗。空気が美味しい。

変な植物は時々見当たるけれど、何となく見覚えがあるような植物も無い訳じゃない。ええと、あれは、たんぽぽ。こっちはスミレ。キュウリグサ。こっちはキツネマメ、だと思う。葉っぱがふわふわしているから。うん。先生の家の庭に生えてたのを、先生と一緒に図鑑で調べたことがあるから分かる。

で、こっちはランプみたいな花。石みたいなキノコ。オオイヌノフグリ……の花が手のひらぐらいの大きさになったかんじの花。踊る花。変なキノコ。スズラン。アカツメクサ。アメリカフウロ。

……植生がびっくりするほど適当な気がする。なんだこれ。どこだここ。

ちなみに、周囲は見渡す限り、森しかない。この森がどこまで続いているのかもよく分からないから、まずは森を抜けるところから始めるべきだろうか。

とりあえず、まずは人里を探そう。人がいたら助けを求めよう。人と話すのはあまり得意じゃないけれど、多分何とかなる、と思いたい。……けれど、人里、近くにあるんだろうか。植生から考えれば人の手が入っている森なのかそうじゃないのかが分かるかと思ったけれど、このなんだか雑なかんじすらする植生だと全然参考にならないから、とりあえずは手あたり次第進んで、森を抜けることを目指すしかないかな。

もし人が見つからなくても、とりあえずは食べ物と水が欲しい。ここら辺は森っぽいし、湧き水や木の実くらい手に入るかもしれない。食べ物はともかく、水は無いと生きていけないから、湧き水探しは急務だ。

それから、もし今日中に森を抜けられないような状況になるなら、寝るところを探した方がいいか。できれば野宿なんてしたくないけれど……。

……というところで、今後の方針は決まり。

*絵に描いた餅が餅になる

とりあえず歩いて、森を出る。人里を探す。その前に食料と水があったら確保。ある程度以上行っても森の出口が見当たらなかったら野宿の覚悟。オーライ。

歩いた。とりあえず歩いた。そして何も見つからなかった。……水も木の実も見つからない。これはもうどうしようもないね。

ちょっとお腹が空いてきたから試しにさっきの踊る花を食べてみようかと思ったんだけど「ワタシ、タベテモオイシクナイヨー」って言われたからやめた。……僕、この世界に来て初めて喋った相手が花だよ。できれば人間と喋りたかった。

まあ、踊って喋る花のおかげで、いよいよここが控えめに見積もっても異世界だっていうことは分かったから、全くの無収穫じゃあ、なかった……かもしれない。

いや、でももっとちゃんとした収穫が欲しかった！

それからも僕は森の中を歩き回ったけれど何の食料も得られなかった。そして当然のように森の出口が見えない。歩く方向、間違えたかな。

……それから、ものすごくお腹が空いた。空腹は最高のスパイスってよく言うけれど、それは食品があるからこそスパイスが生きるのであって、スパイスだけ存在していてもお腹の足しになってくれないんだよ。単なる刺激物でしかない。

……最後に食品っぽいものを食べたのはいつだったかな。

思い返そうにも、記憶がどこから消えているのかも曖昧で分からない。

僕はいつ何を食べたんだったか。下手すると一日以上何も食べていないかもしれない。いや、そんな気がする。この空腹のかんじは多分それだ。

平日の昼と、時々は土日の食事も買って済ませるように言われているから、その分のお金はまあ……当然、画材を買うのに使ってる。食品なんて買ってる場合じゃない。高いんだよ、筆とか絵の具とかって。なんなら紙も。だから一日二食は当たり前だし、慣れてる。記憶が抜けてる分でもいつも通りに過ごしていたなら、多分、同じように適当に食事を抜いてたんだろう。

もしかしたらその間で先生に餅とか素麺とかうどんとか、貰って食べたかもしれないけれど……まあ、記憶が無いから、食べたかどうかは分からない。というか、餅くらいだと食べてもすぐ消化するからすぐお腹が減る。あれは咀嚼したお米みたいなものだから……。

こういう時、水だけでもあれば結構ごまかせる。学校ではそうしてる。けれど……残念ながら蛇口がそこらへんにあるわけでもないし。

仕方ないからもう少し探すしかないか。せめて水。できれば食べ物。どこかに落ちてないだろうか。

水も食べ物も見つからないまま、夜になった。

この森、びっくりするほど何も無かった。実が生っている木は見つからないし、湧き水だって小川だって、何なら動物の類も全然見ていない。

光る花を摘んできて明かり代わりにして歩いてみたけれど、結局足元くらいしか見えるようにならないから、探索はもう諦めて、その場で野宿することにした。

＊絵に描いた餅が餅になる

木の下に光る花を置いてちょっとだけ明かりを確保したら、いつも自分の部屋で机に向かってる時を思い出して、ちょっと落ち着いた。

……いつもだったら今頃、文句を言われないだけの勉強を終わらせて、後は勉強してるふりをしながら……スケッチブック代わりのノートを開いていた、んだと思う。それで鉛筆デッサンか何かしてたんじゃないかな。

そう思うと、変なかんじがする。

毎日毎日、僕は絵を描くことだけはやめなかった。親は僕が絵を描くことに良い顔はしなかったけれど、怒られても止められても、僕は隠れて絵を描き続けた。画材を捨てられてからも紙と鉛筆だけで描いた。高校に入ってからは昼食代を削って画材を買った。家で描けない時は、先生の所に行って描いてた。

ずっと描いてた。そうしたかったから描いてた。お腹が空いても、喉が渇いても、疲れても、眠くても、描いてた。

今、僕はお腹が空いた。喉が渇いた。疲れた。眠い。

けれど、それを満たすものは無い。水も食べ物も無い。

……でもそれらを満たすより先に。何なら、それらが満たせなくっても。

絵を描くことだけはできるなあ、と、思った。

学ランの内ポケットの中を探せば、後で落書きでもしようと思ったのか、畳んだコピー用紙が数枚入っていた。更に、胸ポケットには鉛筆が一本、刺さっている。胸ポケットには消しゴムも一つ、入っていた。

そして、地面には丁度よく、机にできそうな大きな石が落ちている。

……後は簡単なことだ。僕は、絵を描き始めた。

それから僕は、ひたすら描いた。こんな状況じゃどうせ眠れないし、休む気にもならないから、ひたすら描いた。

……描いている間は空腹も渇きも全部吹っ飛んだ。ただ、描くことだけに没頭できる。

コピー用紙と鉛筆は決していい画材じゃなかったけれど、それでもよかった。意識を集中させる先としては十分だ。

何を描こうかな、と思って、最初に思いついたのが……いつだったか食べた、餅と麦茶。先生の家で貰って食べた、どうでもいい味の、どうでもいい食べ物が、今、どうにも懐かしかった。

夢中になって描いた。かつて食べた食べ物を、食べ物以上の価値があったそれを、僕はずっと描いていた。

食べ物が無い状況で、食べ物の絵を描く。ある種の笑えない冗談ではあるのだけれど、今、僕に必要なのは食べ物よりも、食べ物の絵を描くことだったんだと思う。

＊絵に描いた餅が餅になる

そうして、絵が仕上がった。

「……よし」

鉛筆だけで、コピー用紙に書いたそれは、まあ、それなりに満足のいく出来になった。

餅は茹でられて濡れて、表面に艶があって、重力に逆らわない、とろん、とした形状。餅の載った皿は粉引の焼き物だから、少しくすんだ白で、削ぎ模様の縁は柔らかなグレー。麦茶はものすごく濃くなった真っ黒な奴で、それでも透明感がある。麦茶が入っているのはガラスのコップだから、反射する光と通り抜ける光があって……。

……それらを鉛筆だけで表現するのは、楽しい。満足のいく出来になったなら、余計に楽しい。僕は出来上がった絵を見て、空腹も今の状況も忘れて、ただ、絵が完成した達成感と嬉しさを味わった。

……その時だった。

紙の上の線が、動いたように見えた。

あれ、目が翳んできたかな、と僕が目を凝らす中、線はまるで生き物のように、ふるふると震える。……そして。

きゅ、と一点に縮まったと思ったら、ぽん、と。

紙の外に、出てきた。

……うん。餅が、出てきた。

唐突だった。唐突すぎて、何も分からないんだけれど……何故か、僕の目の前、紙の上、鉛筆を持った手の下に、餅が出てきた。

うん。餅だ。餅が出てきた。

僕の目の前にあるのは、餅だった。いつか先生の家で出てきたような、ただ茹でた（というか、水と一緒にレンジで加熱した）だけの、そういう奴。

「……絵に描いた餅が餅になった」

けれど何より、僕がたった今描いたものが、実体となって目の前に出てきている、ということが問題だ。なんで絵に描いた餅が餅になったんだろうか。

幻覚だろうか。先生曰く、『人間、極限状態になってくると幻覚の一つや二つは見えてくる』とのことだったから、もしかしたら僕もそれなんだろうか。やった。幻覚は初めて見たぞ。

……いや、これはいよいよ、おかしなことになった、んだよな。うん。

おかしなことにはなったけれど、躊躇はしなかった。それくらい、空腹ではあった。それに何より、やっぱり、僕ら人間は食べなければ死ぬ生き物だ。

僕は、餅を食べた。

「餅だ……」

餅だった。普通の餅だった。ただの餅だった。

絵に描いた餅が、餅になってしまった。餅だ。本当の餅。

……それは、あんまりにも謎の現象で、理解は何一つ追い付いていなかったけれど……とりあえず、絵に描いた餅が美味かった。

空腹は確かに最高のスパイスだ。調味料も何もない、ただの餅が、どうしようもなく美味かったんだから。

……しかし、これは一体、何なんだろうか？

僕はぼんやりと、『幻覚って美味しいなあ』と思いつつ、謎の餅を食べ続けた。

絵に描いた餅が餅になってしまったので、僕はそれを食べながら、一緒に出てきた麦茶も飲んだ。麦茶はガラスのコップに入っていて、そして、濃すぎるだけであとは普通の麦茶だった。麦茶だ。餅も餅だけれど、麦茶も麦茶。いつもの味。

この麦茶が濃すぎるのは、先生の家で出てくる奴を意識して描いたから、だと思う。先生の家で出てくる麦茶は大抵、麦茶パックを入れっぱなしで放りっぱなしだった奴だったからとんでもない濃さだった。

この麦茶はめんつゆよりも色が濃い。ガラスのコップの中に入っていても尚、黒く見える。真っ黒だ。そして正直、美味しくはない。

うん……でもまあ、とにかく、普通に餅で、麦茶だった。食べ物だった。

で、僕はそれを食べたわけなんだけれど……飲み食いしておいてから考えることではないけれど、これ、食べても大丈夫な奴だったんだろうか。

さっきまで僕が絵を描いていたコピー用紙は、何もなかったかのようにまっさらな状態になっている。つまり……端的に、科学も常識も無視して考えるならば……『僕が絵に描いたものが実体化した』ということになる。或いはこれも全部僕の幻覚。いや、そっちはちょっと信じたくない。

「……おかわり」

折角だから、もう一回、餅を描いてみた。質感の練習の為、今度は粉引の焼き物の皿じゃなくて、適当な紙皿の上の餅。プラスチックのコップの中には濃すぎる麦茶。

そうしたら、出た。餅が出た。あと麦茶。

出てきちゃったものはしょうがないし、折角だからもう一回食べた。まあ、餅の味だし麦茶の味だった。

「おかわり」

もう少し検証してみたかったから、また描いてみた。そしてやっぱり、餅と麦茶。

……これは一体、何なんだろう？

絵に描いたものが実体化する、なんて、フィクションの中でしか知らない。

だって、説明が付かない。紙に鉛筆で描いた餅が餅になるには、色々材料が足りないと思う。餅が紙と鉛筆の芯でできてるはずはないんだから。

だから、たった今現れた餅に、僕は疑問を抱くしかない。いや、食べた後で疑問を抱いても遅い気がするけれど。でも、色々とこう、科学を超越してしまっていることだけは確かで……。

まあ……もし、本当にコピー用紙と鉛筆の芯で餅と麦茶ができていたとしても、多分大丈夫だろう。紙も鉛筆も、食べて死ぬようなものじゃない。むしろ、美味しく食べられたならそれでいい。腹の中で紙と鉛筆に戻っていたとしてもいい。ごちそうさまでした。

さて、ちょっと、絵に描いた餅について考えてみたけれど、餅でお腹が膨れたら眠くなってきてしまった。案外人間って単純な生き物なのかもしれない。いや、或いは僕が。

眠くなったから考えるのは明日にしよう。もう今は何も考えたくないし、びっくりしすぎて疲れてしまった。木に凭れて眠ることにしよう。少し寒いような気もしたけれど、丸まったら眠れそうだった。


……キョンキョン、と、遠く、何かの小鳥の声が聞こえる。さわさわと、葉擦れの音が頭上から優しく降り注ぐ。それに合わせて、僕の瞼を柔らかく照らすのは、淡い金色の木洩れ日。

目を開いてみたら、空が明るかった。そして相変わらず、森だった。

寝て起きたら元通り、っていうのを期待しないでもなかったんだけれど、やっぱり駄目だったらしい。しょうがないから起きる。

地面の上で丸まって寝ていたからか、少し寒かったからか、体が強張って変なかんじだ。それを解す為に大きく伸びをしたら、少しはましになった。

立ち上がって、ズボンについた土を軽く払って、空を見上げて、緑に透き通る木の葉とその隙間から見える朝の空とを眺めて、僕は……もう一回座った。今日、これからどうしようかな、と考え

＊絵に描いた餅が餅になる

るために。

絵に描いた餅が餅になった。それってとてつもなく衝撃的なことだったので……まあ、今日、何かするにしても、全部、それの検証にしようと思う。

だって、気になる。元の世界に帰る手がかりとか、今はどうでもいい。人里もどうでもいいや。

今日はもう、探索は無し。ただひたすら、絵に描いた餅が餅になる謎の現象について調べてみたい。

とりあえず、餅と麦茶でひとまずのエネルギーは摂取できた、と思うし……今日は絵を描くことに一日を費やしたって、いいよね。


「餅以外にも出るだろうか」

さあ、早速実験だ。色々、絵に描いてみよう。

最初。ミニトマト。

……餅だけ食べるのは飽きそうだから。深い意味はない。

けれど、ミニトマトは実体化しなかった。

あれ、と思って餅を描いてみたら、餅は実体化した。なんで餅はよくてミニトマトは駄目なんだ。

次。鉛筆。

特に描く物を思いつかなかったから手に持ってたものを描いた。よくある、深い緑色に塗られた木の軸の中に、黒鉛の芯が入ってる奴。

……これも駄目だった。なんでだ。

次。自転車。

歩き続けると疲れそうだったから。

けれど、途中で諦めた。僕はそもそも、自転車の構造をよく覚えていなかったから描けなかった。

次。ナイフ。

森での探索の役に立ちそうだったし、あと、そろそろ鉛筆を削りたい。それから、単純に金属を描きたくなった。

金属光沢の描き方は練習したことがある。ガラスとか金属とかって、鉛筆の黒と紙の白だけで表現できると楽しい。

ナイフは、先生の家で借りてた奴を描いた。ずっと使ってたから分かる。黒く燻された本体の中、刃の部分だけが滑らかに研ぎ上げられてて金属光沢がある。柄の部分は深い艶のある黒い木材でできてた。その艶も綺麗で、初めて借りた時にはこんな綺麗なもの借りていいのかってびっくりした。

……そうしたら、出てきた。

うん。出てきた。絵に描いた餅が餅になったように、絵に描いたナイフもナイフになった。

「……餅と麦茶とナイフ……？」

なんでだろう。トマトは駄目で、鉛筆も駄目で、自転車は……まあ、僕がギブした。でも、ナイフはオーケー。

……これ、どういう法則なんだろう？

まず一つ考えられるのは、画力、だろうか。

＊絵に描いた餅が餅になる

餅と麦茶については……実は、何度か描いたことがあった。まだ中学生の頃から、鉛筆と紙だけで。……中学二年生の夏頃から、僕が使える画材は紙と鉛筆だけになってしまったから、それから一年半はずっと毎日毎日、鉛筆デッサンばっかりしてた。

その中で、先生の家のあらゆるものを描いたし……その中でも、餅とか麦茶とかは出てくる頻度が高かったから、それなりに描いた。

……意外と餅って難しいんだよ。ただの白い塊になるから。だから、如何に餅を餅っぽく描けるか、ずっとやってた気がする。その分、今こうして知らない所に来てしまっても、餅と麦茶は、まあ描ける。ナイフも同じかもしれない。美術の資料集に載ってた鉛筆デッサンの中に、ガラス瓶と金属のタンブラーの奴があった。それを見て金属を描きたくなって、スプーンも蛇口もナイフも、色んな金属を描いていたから。

……だから、多分、単純に、餅と麦茶、それからナイフについては、今描いたものが上手かった。うん。それは多分そう。

ただ、それで行くとミニトマトは実体化してもいい気がする。

ミニトマトも相当描いた。毎年毎年、夏休みには毎日毎日鉛筆デッサンをしていて、おかげで夏の間にコピー用紙五百枚の束が丸ごと消えたのだけれど、あれの十分の一くらいはトマトだったと思う。今までの夏全部足して、多分、通算百トマトくらいは描いてるんじゃないかな。

……だから、ミニトマトも実体化してもいいんじゃないか、と思う。思うんだけれど……ミニトマトは出てこなかったわけだ。

それから、鉛筆。これも納得がいかない。

鉛筆も相当描いた。何故かって、鉛筆なら自分の部屋でも描けたから。

……僕が僕の部屋で絵を描くときは、モチーフにできるものが限られるから、どうしても鉛筆が出てくる頻度が多かった。画面構成の勉強にもなったから、鉛筆には頭が上がらない。

だからやっぱり、鉛筆も実体化してもいいんじゃないかと思うんだけれど……どうしてか、鉛筆も出てこなかったわけだ。


そうこうしていたらお昼を通り越して夕方になっていた。早い……。

そろそろまた食べておくべきかな、と思ったから、また餅を出して食べた。……別のものも食べたいけれど、それは我慢。餅以外のものが出せるか分からないし。

けれど、餅は餅で我慢するとして、寝るところが欲しい。ベッドとか布団とか。せめて毛布一枚でも。

だからせめて、何か。何か、この『絵に描いたものが実体化する』ということについて、何か法則性を見出したいんだけれど……。

その時だった。

ころん、と、僕の横に何かが落ちてきた。

それは木の実だった。赤い奴。夏になると桜の木に実る奴みたいな、ああいうかんじの。それでいてもっと、明るい黄みの赤の。

……まるで、ミニトマトみたいな色のそれを見て、なんだか久しぶりに色を見た気がした。

それもそのはずだ。だって僕は今日半日、ずっと紙と鉛筆ばっかり見ていた。ずっと白黒の世界だけ見ていたから……。

……白黒の。

そうか。今まで僕が描いてたのは、白黒の世界だった。

僕は落ちてきた木の実の出どころを探った。木から落ちてきたのかと思って上を見上げたけれど、違う。僕が凭れて眠った木は、残念ながら一つも実を付けていなかった。

じゃあ隣かな、と思って隣の木を見上げたら、それも違う。……というか、ここらへんで木の実が生ってる木があったら、昨日の段階で気づいてるか。

ということは、鳥が落としていったのかな。だとすると、この木の実一つしかないわけだけれど……まあいいや。

僕はそこらへんにあった石を使って、その木の実を潰した。

潰した木の実から溢れてきた汁は、予想通り、赤い。僕はその赤い汁を指でとる。

そして……朝に描いたミニトマトのデッサンに、塗り付けた。

「……やっぱり」

絵に描いたミニトマトは本物のミニトマトになって、傾きかけた太陽の光に艶々と輝いた。

これで分かった。

どうやら、『描いたものが実体化する』には、一定以上の完成度が必要みたいだ。

赤いミニトマトを実体化させるには、赤い色が必要。なら、緑色の鉛筆を実体化させるためには緑色が必要なんだろう。

餅は白いからセーフだった。麦茶は……多分、濃すぎるやつだったから、実質黒扱いで、セーフだった、んだと思う。或いは、色の違いを上回るくらいには上手に描けていた、っていうことだろうか。或いは思い入れ？

……ということは、これ、正常な濃さの麦茶を白いコップに入れたやつとかだったら実体化しないんじゃないかな。色が茶色になるし、あと、正常な濃さの麦茶には、そこまでの思い入れも無い。いや、まあ、試さないけど。

しかし、分かってしまったらさあ、大変だ。

白黒で描いたものからは白黒のものしか実体化できない、となると、色々と厄介だ。

僕は、餅はそこまで好きじゃない。思い入れはあるし、嫌いじゃないけれど、それって思い出として好きなのであって、食べ物として好きなわけじゃない。

例えば、僕が好きな食べ物は……ええと……ええと……枝豆？

うん。枝豆。枝豆が食べたい。けれど枝豆って多分、緑色に塗らないと実体化しない、んだと思う。

……けれど、そういうことなら話が早い。僕の当面の目標が決まった。

僕の当面の目標は……『色』を手に入れることだ！

＊絵に描いた餅が餅になる

＊絵の具探し

とりあえず夕方になってきてしまったので、毛布を出すことにした。

毛布、というか、大判のブランケット。これは先生の家で借りてた奴が白い奴だったから何とかなるだろうと思って描いてみたら、なんとかなった。よかった。

なので今日は、割とゆったり眠ることができる。少なくとも、丸くならなくても寒くない。

……でも背中が痛いから、明日は敷布団を作りたい。


寝て起きたら朝。おはよう。そういえば昨日は数歩しか動かなかった。まあ、絵を描いているとよくあることではある。両親が二人とも一日中家に居ないような日があると、トイレ以外で一度も部屋から出なかったりとか、まあある。

さて。

僕は今日から、絵の具を集めに行こうと思う。そう思うと俄然、やる気が出てきた。まあ、食べ物や水を探すよりも、絵の具を探す方が楽しいに決まってるからしょうがない。僕はそういう生き物なんだから。

でも、どうしようか。僕が元の世界で使ってた絵の具って、主成分は鉱物だったんだっけ。あんまり覚えてないけれど、確か三酸化鉄とか、辰砂とかで赤を作ったりしていたんじゃなかったっけ。

あとは、花。

確か、紅花を使って染め物もしていたし、紅花は絵の具にも化粧品にもなっていたはず。日本史の教科書で読んだ記憶がある。あんなに赤い色が植物から採れるっていうのは驚きだ。

この世界にも紅花みたいな花があるかは分からないけれど、探してみる価値はあるんじゃないかと思う。もしあれば、ミニトマト食べ放題だ。あと多分、リンゴとかイチゴとかも食べ放題になるんじゃないかな。

……ということで、僕は一昨日よりもずっと元気に、探索に出ることにした。


探索に出る前に、鞄を作った。ブランケットとかナイフとか、道具が増えたから。

あんまり複雑な形状のものを描く気力は無かったから……ええと、とりあえず、紙袋。画材屋で絵の具を買った時についてきた奴。家に持って帰る訳にいかないから、先生の家に置きっぱなしだったけれど。

単純な形状の、グレーの紙袋なら描くのもそこまで難しくなかった。正直、絵の出来自体はそこまで良くはなかったと思うんだけれど、実体化してくれたからよし。なんだろうな。材質が単純だから、多少雑でも大丈夫だったのかな……。

よく分からないなあ、と思いつつ、紙袋に畳んだブランケットと紙と鉛筆、それからできたてのナイフと、そこらへんに生えていた光る花を数輪入れて、出発。

紙袋をぶら下げてぶらぶら歩いていると、案外すぐに、赤い花が咲いているのを見つけることができた。

「いけるかなあ……」

折角だから試してみよう。花びらを潰して、出てきた汁で色を塗る。

描くものはリンゴ。それも、フジとか王林じゃなくて、紅玉。花の雄しべの花粉を使えば、軸の根元の黄色も表現できる。紅玉はそんなに黄色っぽくないリンゴだから、これで十分だ。

細部は鉛筆で描いた。というか、鉛筆デッサンの上に色を塗った。鉛筆デッサンに水彩で着色するのは何回かやったことがあるから、勝手は分かる。

……そうして、三時間後。

リンゴが一つ、できた。


「……意外と大変だった」

リンゴ一つに三時間かかる、というのはまあいい。鉛筆デッサンなら三時間くらいはかかるものだし、それに僕にとっては絵を描くことが目的なのであって、別に、リンゴが食べたくてリンゴを描いたわけじゃない。いや、絵が実体化するのは楽しいけれど。

……けれど、何が大変って、花びらを集めてくること。

花びら一枚から採れる色なんて、ごく僅かだ。何枚も何枚も花びらを手に入れてきて、それを使って無理矢理色を塗る、というのは……効率は、悪い。

こう考えると、絵の具ってすごい道具だったんだな。少量でも色がよく伸びたし、発色も綺麗で。

うん。絵の具があればな。絵の具があれば、もっと色々描けるんだけど。絵の具、欲しいな……。

……あ。

もしかして、これ、絵の具を描いたら絵の具が出てきたり、するんだろうか……？


水彩絵の具のチューブを描いて、そのラベルの一か所に色を塗る。これで、ごくありふれた絵の具のチューブの完成。これでどうだ。いけるかな。どうだろう。

わくわくしながら絵の具の絵を見つめていると……餅の時と同じように、線がふるふる震えて、きゅ、と集まって、ぽん、と出た。

絵の具のチューブが、ころり、と転がる。

……そして、実体化したチューブを少し絞ってみたら、なんと、ラベルに塗った色の絵の具が出てきた。花びらの色だ。赤。紙に塗った時に薄くなったから、ピンクっぽいけれど。

でも、これは……とても便利だ！


それから僕は、いくつもいくつも、絵の具を作った。食べ物よりも絵の具を描いた。人間、やっぱりそうそう変わるもんじゃないらしい。昼食代を全部画材につぎ込んでいた時と変わらない。でも楽しいからいいや。誰に迷惑を掛けるでもないし……。

同じ赤でも、色んな赤がある。

花びらから採った赤も、木の実から採った赤も違う。赤っぽい土を擦りつけて使ってみたら、そういう色の絵の具ができた。細かな色の違いってとても面白くて、描くだけで絵の具が手に入るのが嬉しくて、僕は夢中になって絵の具を描いては出し続けて……。

……けれど、どうしても限界がある。

「薄い……」

色が、薄い。

……鮮やかな赤色の花びらから出る色は、鮮やかな赤、じゃない。

どうしたって色は薄くなる。ついでにくすむ。だから、赤い花びらを絵の具にして絵の具の絵を描くと、どうしても……少しくすんだ薄い赤、くらいの絵の具ができてしまう。

そこで、花びらの色を塗ってから乾かして、そこにまた塗り重ねて色を濃くしていけばいいんじゃないか、とも思ったんだけれど、これも上手くいかなかった。

……『薄い赤色の絵の具のチューブ』の絵が出来てしまった時点で、絵の具のチューブが実体化してしまったから。

仕上げに色を塗る、という段階になってもたつくと、先に実体化してしまうらしい。なら、先に色を塗っておいて、あとから絵の具チューブの絵を完成させればいいか、とも思ったんだけれど……何と言うか、花びらの色を塗り重ねてみたら色が濃くはなったんだけれど、やっぱりくすんだ色にしかならないのは同じだった。まあ、そうだよね。今やっていることって水彩絵の具に似ている描画方法だけれど、それってつまり、色を重ねれば重ねるほど彩度は落ちていくっていうことだから。

さて。

ここまでで一番色が濃く鮮やかに出たのは、土の色。

赤っぽい土を塗り付けて作った赤茶色が、今のところ一番綺麗な色、なんだけれど……やっぱり、これじゃあ物足りない。

鮮やかな赤、どこかに落ちてないだろうか。周りを見回しても、何も無い。紙袋の中を見ても、薄かったりくすんだりした色の絵の具チューブしか見つからない。自分の手を見ても何がある訳でもなく、ただ、あんまり日焼けしていなくて筋肉の少ない、ちょっとコンプレックスのある細めの手首があるだけだ。

でも、これじゃあ物足りないんだ。リンゴの皮みたいな、夕日みたいな、朱肉みたいな、アメリカシロヒトリの幼虫の腹みたいな、血みたいな。そういう赤色、どこかに無いだろうか。

……あ。

『血みたいな』……。

「できた」

できた。すごく赤い赤の絵の具ができた。これには大満足せざるを得ない。

ちなみに赤い絵の具の代償に、腕をちょっと切りつけることになったけれど、まあしょうがない。絵の具のためなら多少の怪我くらいはしょうがない。包帯を描いて出して巻いておいたから多分大丈夫、大丈夫。

さて。赤が手に入ったら、次は黄色が欲しい。ついでに青も欲しい。

赤と黄色と青が揃えば、大抵の色が作れるようになる。色の三原色は伊達じゃない。

……けれど、黄色はともかく、青ってどこで手に入れたらいいんだろうか。青って自然界にはとても少ない色だから、作るのは難しい気がする。

まあいいや。とりあえず、集められるところから集めていこう。

黄色は案外、綺麗なのがすぐ手に入った。僕が中に入って眠れそうなくらいの大きな百合の花があったから。よし。今日の寝袋と一緒に絵の具まで見つかってしまった。

早速、百合の花についてた雄しべの先を全部採って、そこについていた花粉を絵の具にさせてもらう。……花の花粉ってすごい色なんだな。まっ黄色になった。完成した絵の具もだけれど、それ以上に、僕の手が。

手が花粉まみれになってしまって一度手を洗いたかったので、水を出した。水が入ったガラスのコップの絵は白黒だけでも描けるから、それで。

「そういえば、水が欲しい」

そこで僕は思い出した。

水が欲しい。水は欲しい。食べ物が無くても、水は要る。飲むため以上に、水彩絵の具は水彩絵の具だから、水が無いと使えないんだよ。うん。飲み水より水彩絵の具用の水が欲しい。

絵の具を直接塗り付けてもまあ色を付けることはできるけれど……濃淡の表現だってしたいし、

できれば、水が欲しい。綺麗なやつ。

更に我儘を言うならば、一々描かなくても水が手に入る環境が欲しい。蛇口や上水道、なんて贅沢は言わないけれど、綺麗な水が欲しい。

けれど、ここまでで水場は見つかっていなかった。

地面の中には水があるんだとは思う。だって、植物は生えてるし。けれど、それが湧き出しているような箇所は無かったし、小川一本見つかっていない。そういったものがあれば、本当に楽なんだけれど。

……でも、無いから。

だから、描こう。水を描こう。

とりあえず、ものすごく大きな容器に、ものすごく大量の水を生み出せば、当面の手間は省けるんじゃないかな。


ということで、今手に入っている絵の具を使って、大量の水の絵を描くことにした。

そのためにまずは、丁度良さそうな土地を探す。

……その結果、適度に開けていて、岩や倒木も無くて、そして『いかにも前は泉だったけれど枯れ果てました』というような窪みがある場所を見つけたのでここに決定。

さて。

僕は手近な地面に座って、早速、『ものすごく大きな容器にものすごく大量の水』が入っているものをスケッチし始めた。

描いていくものは、石と土と枯れた草。それから、『存在しない水面』。

ほぼ見たままの景色に、存在しない水を描き足していく。……要は、泉の跡という『ものすごく大きな容器』の中に、『ものすごく大量の水』を描いていく。

水面が光を反射する様子。水際で水が煌めく様子。湧き出た水が作る波紋。波紋にまた、反射する光。

そういうのって、要は水を描いているようでいて、光を描いているようなものだ。そして、光を描いているってことは、白黒だけでもなんとかなるということで……更に、枯れた草の色や土の色を作るための、赤や黄色や茶色の絵の具があるなら、まあ、そこそこのものが描ける。ついでに魚でも泳がせてみようかとも思ったけれど、複雑になりそうだったからやめた。ただ、『大きな容器に大量の水』の絵を描き続けた。

……そうして、夕方になって、夜になってしまったのでブランケットを被って、昼間に見つけた巨大な百合の花の中にすっぽり収まって中々快適に寝て、朝になってもう一度描いて……やっと、完成した。

風景画だ。この世界に来て初めて書いた、風景画。有りもしない、風景画だ。

僕の目の前、現実にあるのは枯れ果てた泉。でも、僕の手の中にある紙の上に描かれた風景の中には、水が滾々と湧き出る泉がある。

……何も起きなかった。

やっぱり駄目だったかな、と思った。だって、餅やナイフ、リンゴなんかを実体化させるならまだしも、もうこれ、風景だし。百リットルぐらいのポリタンクに水が入っているのを描けば良かったかな。でも、風景画も描いてみたかったんだからしょうがない。

……まあ、描きたいものが描けたんだからいいか。

僕はそう思って、もう一度、描いたばかりの絵に視線を落とす。

すると。

ふるふる、と、画面が震えた。そして、餅が実体化した時のように、きゅ、と、絵が一点に集中して……。

……ふわり、と、広がって消えていった。

「……え？」

実体化しないで、絵はそのまま空気に溶けるみたいに消えてしまった。あれ、と思ったけれど、特に、水が実体化した訳でもなく……。

紙から顔を上げて、驚いた。

泉ができていた。水が無かったはずの場所に、水ができていた。

僕が描いた、有りもしない風景画が、現実の風景を変えてしまった。

そして……それを確認した途端、僕は急に意識が遠くなっていくのを感じて、そのまま強制的にもうひと眠りすることになった。

……要は、気絶した。多分。


起きたら昼過ぎだった。頭が酷く痛む。

でも、目の前には泉があった。綺麗な、すごく透明な水が湧き出る泉が、そこにあった。

試しに水に触れてみたら、それは確かに水だった。ひんやりと冷たい感覚に手を引っ込めれば、跳ねた水滴が水面に落ちて、ぴちょん、と音を立てる。

「……夢じゃなかった」

僕は、両手に水を掬って、飲む。……なんというか、美味しかった。水だから味があるわけじゃないんだけれど、どうやら確かに僕の体は水を欲していたらしい。そういえば昨日は麦茶もろくに飲んでなかった気がする。もしかして、気絶したのはそれだろうか。

うん。そう。僕は気絶した、んだと思う。

泉が完成した、というところまでは覚えている。それが明け方だったのも、覚えてる。けれど今は昼過ぎだ。泉が完成した瞬間に意識が途切れたんだと思う。二度寝しちゃったにしてはあまりにも唐突だったし、多分、気絶。

……僕はなんで気絶したんだろうか。ちょっと怖いんだけど。

考えてみたけれど、徒労感がすごい。考えるだけ無駄な気もする。

けれど……多分、僕が気絶したのは、『泉を実体化させたから』なんだろうな、とは思う。

ここまで、実体化させてきたのは餅や麦茶、ナイフやミニトマト、精々ブランケット、というくらいのものだから、僕が抱えて持てる程度の物だったんだ。それがいきなり、泉なんていう大きなものを描いて実体化させたわけだから、まあ、今までとは勝手が違った、んだと思う。多分。

思い返してみると、やっぱりなんか、実体化する時の様子も違ったし。餅やトマトみたいに、きゅ、ぽん、って実体化するんじゃなくて、きゅ、ふわ、で、広がっていって気づいたら風景が変わってたし。

……或いは、実在しないものを描いたからかな？　元々の風景に存在しないものを描き足したから？　そういうのを描くとペナルティーとして気絶してしまう？

うーん……まあ、いいや。とりあえず今後も、『大きなものを描いて実体化させると気絶するかもしれない』とは覚えておこう。

さて、水を飲んだらお腹が空いていたことを思い出したので、食事にする。

今日のご飯はとりあえず……肉。

うん。肉。肉にした。肉も食べないと流石に栄養が偏ると思う。逆に、肉だけ食べている分には割と生きられるんじゃなかったっけ。先生が前、そういう話をしてくれた記憶がある。

肉は焼いてある奴をそのまま描いてもよかったのかもしれないけれど、試してみたかったから、生肉を描いた。

絵に描いたようなステーキ肉が出てきた。いや、絵に描いた肉なんだけれど。

肉が出てきたら、フライパンも描く。これは黒一色だから楽。フライパンも出てきたら……レン

*絵の具探し

ズを描く。

レンズは白黒でなんとか描けた。やっぱり、透明なものを描くのって楽しい。

さて。レンズができたら、レンズで太陽の光を集める。

集める先は、黒く塗りつぶした紙。……自転車を実体化させようと思って描いたけれど、結局途中で断念した奴。それの一部分。

そこに光が集まると、紙が段々熱せられて……やがて、燃えた。

燃えたらすぐ、そこに枯草なんかを放り込んでいく。そうして火が大きくなったら、木の枝を載せていって焚火にした。

焚火ができたら、そこに肉の載ったフライパンをかざして、焼く。

……途中で、フライパンに油の類を敷いていなかったことに気づいたけれど、まあ、しょうがない。牛脂で焼くことにした。要はそのまんま焼いた。

多少フライパンにくっついたけれど、無事、肉は焼けた。焼けた肉はつやつやした大きな葉っぱのお皿に載せて……。

「いただきます」

食べた。

……肉だった。ただし、塩も何も使っていないから、本当に、ただ、牛肉。

うーん、塩が欲しい。

塩も描いた。……これは結構困った。だって、塩ってただの白い粉末みたいになってしまう。そうしたら砂糖はおろか、小麦粉とかとの区別もできなくなるんじゃないだろうか、と思って。

けれど、開き直って塩の結晶をそのまま描いたら上手くいった。手の平サイズの透明な立方体が実体化したから舐めてみたら、ちゃんと塩味だった。考えて試してみたものが上手くいくって、嬉しい。

こうして僕は、無事に塩味のついた肉を食べることができた。まあ……多分、明日からも当分は、肉。


肉を食べたら、次の絵の具探しに行く。

今持っている絵の具は、花びらや木の実、赤土なんかからとった赤と、血の赤。それから花粉の黄色。

他にも、黄色っぽい土の黄土色、腐葉土の黒、石の粉の灰色、砂の薄茶色、なんかよく分からない花の汁……色んな絵の具がある。

……けれど。

「大体全部、赤で黄色で茶色だ……」

自然界から簡単に手に入る色って、限られるんだってことがよく分かった。


どうしよう。困った。

絵の具を作りに作ってはきたけれど、全部、色が似たり寄ったりだ。大体、少しくすんだ薄い赤か、黄色。あと茶色。そんなかんじ。白と黒と赤と黄色があれば全部作れる色なんじゃないだろうか、これ。

……できれば、青が欲しいんだ。赤と青と黄色が揃えば、大抵の色が作れる。でも、青っていう色が難しい色だってことは、知ってる。

なんだっけ。ラピスラズリっていう宝石を砕いて、青い絵の具を作っていたんだっけ。他にも、牛の血から青色を作ったのとか、色々あるけれど……簡単に手に入る青色って、無いんだよな。だから人類は宝石を砕いてまで、青い絵の具を作ってたんだろう。

他は……露草とかが生えていれば、青い色は作れそうだけれど。でも、今までで青い花は見ていない。探せばどこかには、あるだろうか。

それから、緑が欲しい。緑があれば、植物が描ける。青の代用にできる場面もあるかもしれない。

……けれど、緑って意外と、少ない。

葉っぱを潰してみても、中々緑色って作れないらしかった。薄い緑っぽい汁がでてきても、ほんの数分ですぐに茶色くなってしまう。草をそのまま紙に擦り付けてみたら少し濃い色ができたけれど、それを均一に塗るのは難しかった。

……でもどうにかして、絵の具の形で緑が欲しい。赤と黄色だけじゃなくて、緑も欲しい。青も欲しい。自由に色を使いたい。

変な世界に来てしまったけれど、ここに居れば絵は描き放題なんだ。だからここはそんなに悪い世界じゃない。食べ物も寝床も自分で用意しなきゃいけない状況だけれど、でも、絵が描けるんだから悪くない。

でも、折角だったら、自由に絵の具を使いたい。色んな画材を、自由に使ってみたい。……絵を描くことが許される世界に、折角来たんだから。

「綺麗だなあ」

一枚摘んだ葉っぱは、綺麗な緑色をしている。塗りむらなんてものがあるわけもなく、しっかり隅々まで緑。自然のものは、それ自体は綺麗なんだ。加工して材料にするのに難があるだけで。

「この色、そのまま絵の具にできたらいいのにな」

この葉っぱも潰して汁を取って塗ると、途端に薄くてくすんだ緑になってしまうんだろう。この葉っぱの色は綺麗だけれど、絵の具にすることはできない。

その点、鉱物はすごいと思う。すりつぶしてもそのままの色だし。砂を絵の具にしたり赤土を絵の具にしたりしているけれど、やっぱり、そのままの色が出るっていうのはいい。

この葉っぱも、砂や土みたいにそのまま画材にできたらいいんだけれどな。

葉っぱを見ていたら、なんとなく、枝豆を思い出した。いや、色がそれっぽかったから。

……緑の絵の具が出来たら枝豆を出そうと思っていたんだけれど。でも、緑の絵の具はもしかしたら、鉱物を見つけるまでお預けかもしれないし。

ちょっと悲しかったので、手慰みに葉っぱをナイフで切り抜く。……枝豆の莢の形に。

それだけだと枝豆っぽくないので、茶色っぽい葉っぱを細かく切り抜いて枝豆の枝に繋がってた方の色を表現したり、枝豆が入ってる部分の莢の膨らみを表現するために別の葉っぱを切り抜いて貼りつけてみたり。

……あ、糊代わりにしてるのは、大きな百合の花の蜜だ。黄色の絵の具を作る時に花粉でお世話になったし、寝袋としてもお世話になってるけれど、糊代わりとして蜜にもお世話になります。

試行錯誤している内に、葉っぱの枝豆ができた。こういうの、コラージュっていうんだっけ。あんまりやったことが無い画法だったけれど、やってみたらちょっとした工作みたいで楽しかった。もっと大規模に作ったら、もっと楽しいかもしれない。

僕は、出来上がったばかりの葉っぱの枝豆を眺めて満足していた。新しい事ができたのは楽しいし、色々と試行錯誤して物を作るのは楽しい。紙の上、葉っぱの緑色は鮮やかで、それもまた満足の一因だ。

……なんて、思いながら僕は、紙の上の葉っぱの枝豆を見ていたんだけれど。

紙の上の葉っぱがふるふる震えて、きゅ、と一点に集まって……ぽん、と。

枝豆が、出てきた。

……あ、これでもいいんだ……。

そうと分かれば早速挑戦だ。僕はまたナイフの先を使って、慎重に葉っぱを切っていく。

葉っぱのできるだけ色むらが無いところを、丁寧に。絵の具のラベルの中の、色がついている部分の形に合わせて。

そうして緑色の破片ができたら、百合の蜜を裏に塗って、鉛筆で描いた絵の具のチューブのラベルの中へ、それを嵌め込んでいく。

……そして。

「緑！」

待望の緑色の絵の具が、僕の手の中に生まれていた。

それからまた、ひたすらに絵の具を作り続けた。色のついたものをそのまま貼り付けてもいいってことに気づいてしまったら、色々なものを絵の具にしたくなる。

花びらの色も、花びらをそのまま貼り付ければ鮮やかな絵の具になった。

葉っぱも、表と裏で色が違う。どちらの色も作った。

苔を見つけて、それも絵の具にした。木の実の皮も絵の具にした。樹皮も、片っ端から絵の具にした。

それから、蝶の死骸！　これが発見で……僕の両手くらいの大きさのオレンジ色の蝶の死骸が落ちていたから、その羽を貰って、輝くようなオレンジ色の絵の具ができた。

……どこかにルリタテハとかモルフォ蝶とか落ちてないかな。そうしたら青が作れるのに。

その日の絵の具づくりはそこまでにした。何故かって言うと……とても、疲れてしまったからだ。

妙なかんじだった。ずっと絵を描いていたから目が疲れたり肩が凝ったりしたのかな、とも思ったけれど、それとは違う。

今までに感じたことが無い怠さと、力が入らないような妙なかんじ。ついでに、貧血を起こした時みたいに目眩がする。

……これは多分、泉を作って気絶した時のアレだと思う。

考えるに僕は、絵を実体化させすぎると体調が悪くなるんだと思う。今もこうして、一日に何本も絵の具を作ってはしゃいでいたら体調不良になってしまったし……これが行き過ぎると泉の時みたいに気絶する、んじゃないだろうか。

……ということは、ある程度計画的にやらないといけない。無計画にやたら大きなものを描いていたら、その内気絶じゃすまなくなりそうだ。

大きめのイーゼルとか、巨大キャンバスとかはやめておいた方がいいかな……。いつか、壁画とかもやってみたいけれど……うーん、やるとしても、気絶覚悟、かもしれない。


その日はまた野宿して、翌朝。

僕はフライパンでベーコンと卵を焼きながら、考える。計画的に絵を実体化させないといけないんだから、考えなければならない。

今、欲しいものは何だろう。

まず最初に、青い絵の具。これは絶対だ。青が無いと描きたいものが満足に描けない。それは嫌だ。何よりも嫌だ。だから青い絵の具は何よりも欲しい。

……けれどその前に、筆が欲しい。

今、絵の具は全部、指にとって使っている。流石にこれは不便だから、筆が欲しい。筆は今の状態でも描いたら作れそうだから、まずは筆を描こうかな。

それから、紙。紙も欲しい。実体化した絵は紙の上から消えてしまうからいいんだけれど、うっかりしくじると紙の上に残り続ける。それを繰り返しているとコピー用紙はいずれ無くなってしまうので、紙も確保しておきたいな。

……紙に紙の絵を描いたら紙ができるだろうか？　まあいいや、やってみよう。それから、もしできるなら、画用紙がほしい。コピー用紙って水彩絵の具と相性が悪すぎる。はじくし、よれるし、すぐ破れそうだし、乾きにくいし……。

……それから。

絵の具や筆や画用紙なんかよりずっと優先順位は低いんだけれど……。

家が欲しい。

できれば、家が欲しい。

家の中で落ち着いて絵を描きたいし……あと、そろそろ、野宿が辛くなってきた。

けどまあ、これは最後でいいよ。何なら、テントとかでもいいや。雨避けだけ、どこかで作っておけばいいかな……。


ということで、まずは筆を描いた。のだけれど……案外、苦労した。

何と言うか……筆の毛先の描き方によって、筆の形状も、材質も、変わってしまうようなのだ。

これは困った。まさか筆で苦労するとは思わなかった。

けれど筆については誤魔化しようが無いし、筆の穂先の細い毛一本一本を材質にこだわって描き分けるなんて、今の僕の技量じゃできそうにない。……だって、筆も高いから中々買えなかった。

その分、観察もできてない。

……まあ、これは追々やっていこう。元の世界でだって、安い筆三本くらいでずっとやってたんだし。指よりは絶対にマシだし。

次は紙。

……紙に紙を描くって絶対に難しいと思ったから、スケッチブックの類を描いた。鉛筆デッサン用のクロッキー帳と、画用紙が入っている奴。あと、水彩用の画用紙の奴も。

水彩用の奴は元の世界で買いたかったけれど、資金が心許なかったから買うのを断念した奴だ。画用紙自体も厚くて上質で、しかも水張りしなくても歪んだりよれたりしないように、紙の四方が固めてある。それで、描き終わってからペーパーナイフとかを紙と紙の間につっこんで、描いた紙だけ剥がすんだよ。……ただ、まあ、こういうのは高級品だから、知識でしか知らない。

……紙の方は筆みたいに苦労しないで作れてしまった。表紙を描くだけで中身も作れるって、便利だ。筆での苦労が理不尽に感じる。いや、実は紙の方も、中身が本物とは全然違うものに仕上がっていたりするのかもしれないけれど……まあ、高い紙なんて元々使ったことは無かったからいいや。どうせ僕には違いが分からないよ。

それにしても、手に入ってしまった。憧れの水彩用スケッチブック。

絵が実体化するとなると、今まで諦めていた画材も使いたい放題なんだな。これは……すごく、嬉しい。わくわくする。

昼食を削らなくても画材が手に入る。値段なんて気にせず、手に入れられる。

油絵の具だってその内全部揃えてやる。絵の具が高すぎて絶対にできないと思っていたけれど、日本画とかにも挑戦できるかもしれない。漆も金粉銀粉も使い放題だから蒔絵とかもできる。上等な大理石の塊を出して、贅沢に彫刻もできるかもしれない。

作ってみたいものは沢山ある。やってみたいことも沢山ある。そして、今の僕にはそれができる！

……駄目だ、考えれば考える程嬉しくなってしまう。顔がにやける。

でも、こうやって嬉しくなってくると気力が湧いてくるような気がする。この気持ちは、この変な世界に来るまでほとんど感じたことが無かった奴だ。ずっと小さい頃に感じたっきりだった奴。その気持ちが、今、僕を動かしてる。

悪い気分じゃない。どこまでもどこまでも、自分の好きなだけ、自分の好きなように進んでいける感覚。進んでいきたい感覚。

……多分、僕はずっとずっとこの気持ちを持っていた。でも、この気持ちを溢れさせないようにしてただけだったんだろう。

だから、今は好きなだけ溢れさせておこう。気持ちがだだ漏れになるのって、なんだか慣れない感覚だけれど……嫌な感覚じゃ、ない。


このあたりで昼になってしまったから、パンを描いて齧りながら次の絵を描いた。

高級水彩紙を使って描く第一号は……鞄。

……スケッチブックを考えなしに三冊も出してしまったから、紙袋には収まらなくなってしまった。しょうがないから鞄を描く。ちゃんとした奴。

＊絵の具探し

どんな鞄にしようかな、と思って、最初に思いついたのが、帆布でできた大きな肩掛け鞄だった。柿渋で染めてあるんだったかな。とにかく丈夫で長持ちだって、先生が言ってた。……そう。これは、先生が使ってた鞄だ。使い込んで草臥れたかんじが何となく好きで、ちょっと憧れだった。

その憧れの鞄を思い出しながら、憧れだった水彩紙の上に描いていく。

……ああ、やっぱり、コピー用紙と全然違うな。絵の具の色がすごく綺麗に出る。よれない。破れない。乾きも早い！

なんというか……高いものって高い理由があるんだなあ、と、思った。

初めて使う画材に興奮しながら描き進めて、鞄ができた。

記憶にあるそのままの鞄。

……試しに肩にたすき掛けにしてみたら、僕には紐が長すぎた。こういうところまで記憶そのままだ。なんとなく面白くて一人で笑いながら紐の長さを調節して、背負い直す。……うん。悪くない。

僕はそこに鉛筆とコピー用紙とブランケットと光る花を入れて……スケッチブック三冊と筆、それからナイフと、大量の絵の具のチューブを入れていく。

大きな鞄には、それらがすっぽり収まった。これが、この世界での僕の全財産。

……なんだか嬉しい。

夕方になってしまったので、とりあえず眠る準備をする。

ただ、今日は絵の具を大量に実体化させなかったからか、昨日よりは気力があった。だから、雨風を凌げる場所くらいは作ろうかな。折角だし。

……ということで、描くものは、柱。


できた。泉から少し離れたところに、柱が三本立った。

僕の身長を超える柱だったからか、少し疲れてしまった。うん、やっぱり絵を実体化させ続けると疲れるみたいだ。

でももうひと踏ん張り。僕は次に、大きな布を描く。……夕方から柱を描き始めたから、布を描き始める頃にはもう暗くなりかけていた。でも、光る花を適当に地面に刺して立てて、それを明かりにしつつスケッチブックの表紙を机にして、描く。

そうして、すっかり夜になった頃には大きな布ができていた。厚手のフェルト。羊毛をイメージしたんだけれど、多分これ、化繊だ。僕の想像力が貧困だったのか、それとも画力のせいなのか。……精進します。

僕は、布の端を持って、柱に向かって放り上げる。……何回かやっている内に、上手い具合に柱に布が引っかかった。後は適当に整えながら布を引っ張って……。

「おやすみ」

出来上がったテントの中に入って、ブランケットに包まって、百合の花の寝袋に潜り込めば、十分に立派な寝床だ。

なんだか自分のスペースがあるっていうのは嬉しい。満足感に包まれて、僕は眠ることにした。

＊空色を抱く

翌朝、僕は目を覚ました。

……なんだか外が騒がしかったから。

騒がしいな、と思ってぼんやりと目を覚ましてから、凍り付いた。

いや、だって……騒がしい、ってことは、テントの外に何かいる、って、ことだろう。

そして、こんな森の中で、何かが居るとしたら……ええと、何？　動物？　獣？

……聞こえてきたのは、キョキョキョキョン、キュン、みたいな鳴き声。それから、バサバサという、羽音。なんだろう。

怖々、テントの端を捲って外を覗いてみたら……そこには、驚くべき光景があった。

頭はほんのり緑がかった濃いグレー。胸とお腹がオレンジ色で、背中側と翼は柔らかな灰色。形としては、大体、冬のスズメ。ほら、羽毛が空気で膨らんで真ん丸になってる姿。

そういう……コマツグミ、という鳥によく似た、それでいてコマツグミのイメージを全部壊すような大きさの……。

……翼を広げた端から端まで五メートルぐらいありそうな、怪鳥が、そこに居た。

そんな怪鳥が、僕が作った泉で……水浴びしていた。

鳥というか怪鳥。そんなかんじの生き物を前にして、僕は固まっていた。いや、だって、こんなのどうしていいか分からない。

けれど、怪鳥の方もどうしていいか分からなかったらしい。僕とバッチリ目が合った後……すぐに翼を広げて、飛び去ってしまった。

飛び去る時も、綺麗だった。色も綺麗だったし、形もいい。巨大な丸っこい体がふわふわと宙に浮かんでいくのは新鮮な光景だったし、何より、鮮やかな羽が青い空に映えて、すごくよかった。

それを見て、僕は……思った。

……あれ、描きたい。

しばらく、鳥が飛んで行った方を眺めていた。鳥が見えなくなってからもぼーっとしていた、と思う。

……けれど、はっとしてテントの外に出て、泉の様子を見てみる。そこには、抜け落ちたんだろう羽が一枚、落ちていた。泉の中にザブザブ入って、拾う。

灰色の羽は、僕の上腕ぐらいある。でっかい。なんだこれ。なんだこれ!

未知との遭遇は恐怖でもあったけれど、それ以上にわくわくした。もしかしたら恐怖のどきどきをわくわくに勘違いしたんだろうか。こういうのなんて言うんだっけ。吊り橋効果?

でもいい。吊り橋でも懸け橋でもなんでもいい。僕はあの鳥が気に入った。あれ描きたい。描く。決めた。絶対に描く。

実体化させたいんじゃなくて、只、絵を描きたいんだ。

……あ、ちょっと久しぶりだな、この感覚。ここ最近ずっと、実体化させるために絵を描いていたから。

うん。なら、丁度いいだろう。ここらで一度、自分へのご褒美って奴に、生命維持なんて何も考えずに絵を描こう。決めた。

目標が決まったら話は早い。僕はなんとしても、もう一回あの鳥を見つけて描く。そう決めたから、最初にやることは……。

……水浴び。

うん、思った。すっかり忘れてた。でも、鳥の水浴びを見て、思い出した。

僕、お風呂に入らないまま一週間ぐらい過ごしてたんだなって……。

ちょっと複雑な気持ちになりながら石鹸とか桶とか色々描いて出して、水浴びした。

こんな屋外で服を脱ぐのは抵抗があったけれど……うん、まあ、どうせ誰も居ないだろう。うん、誰も居ない、よね……？

思い切って浴びた水は冷たかったけれど、久しぶりに綺麗になったらさっぱりした。これからも定期的に水浴びしよう。或いはお風呂、作ろう。温泉とかいいかもしれない。というか、生活用水と飲み水は分けよう。ということは、先に泉をもう一つ作らなきゃいけない……？

……水の問題は後にすることにした。今は鳥。そのために服。

いや、だって、水浴びして綺麗になった後に、一週間くらい着た後の服を着るのって……なんか嫌だった。というか、自分が綺麗になったら服の汚さが気になった。あとちょっと、くさい。

……なので、水浴びしてから着る服を描くっていう間抜けなことをする羽目になった。次からはちゃんと準備してからやろう。

とりあえず、服を描いて出す。僕、服に興味は無いしこだわりは無い。なんでもいいしどうでもいい。けれど裸で居るのは嫌だ。……だから、Tシャツとハーフパンツみたいな、そういうやつを描いて出した。描くのが簡単だったから、案外すぐに描いて出せた。よしよし。

それから僕は出したばかりの服を着て、鞄の中に荷物を詰め込んで、出発することにした。

向かうのは鳥が飛んで行った方向。方向以外にアテは無いけれど……耳を澄ますと、微かに鳥の声みたいなものが聞こえてくるから、きっと何とかなる、と、思う。多分。

僕は、耳は良い方だと思う。小さい音でもちゃんと拾える。

だから、今回みたいに鳥を捜すような時には役に立つ。遠くから聞こえる『キョキョン』みたいな鳴き声を捜して、僕はひたすら進んでいった。

歩く途中で綺麗な色のものを見つけたら拾って集めておく。後で絵の具にしよう。今回一番の収穫は、紫色の花。色で言うならばモーブ。そういう鮮やかな紫色で、絵の具にしたらさぞかし良い色になるだろう。

他にも、鮮やかな緑の昆虫の殻とか、多分トカゲの卵の殻だったんだろう白い欠片とか、透き通った茶色の宝石みたいな欠片とか。案外色々手に入ったから、歩いた甲斐は十分にあった。

「……こっちの方には生き物がいるのかな」

多分、僕が最初に居たところよりも、こっちの方が生き物が多い。虫の殻とか、卵の殻とか、今まで見なかった。思えばここまで、まともに動物に出会ってない。精々、蝶の死骸を拾って絵の具にさせてもらったくらいだ。結局、あれも一度きりで、それ以降、死骸でも生き物は見てなかったな。

……うん、動物に関しては、本当に見てない。あの鳥が初めてだ。だからこそあんなに感動したんだろうけれど。

動物が多いってことは、危険があるかもしれない、っていうことだ。熊とか、出てきたらどうしよう。逃げるしかないけれど、案外熊って走るのが速いんだよな、確か。

熊が出なくても、狼とか、野犬とか、そういうのが出てきても僕は……ええと、多分死ぬ。だからその時は逃げよう。頑張って逃げよう。それで駄目なら諦めて死のう。でも死ぬ前にその熊とか犬とか狼とか描きたい。いや、そんな暇ないだろうけど。

……まあ、気を付けていこう。できるだけ。

森の中を進んでいったら、段々と鳥の声が近づいてきた。そのあたりから気を付けて周囲を捜すようにしていたんだけれど……。

……そこで、僕は見つけてしまった。

「でっかい……」

大きな木を。ついでに、その木の上に架かる、巨大な鳥の巣を。

……絶対にあれだ。

木に登るのは得意じゃない。なんというか、昔、挑戦しようとしたことがあったのだけれど、落ちて、泥だらけで帰ったら怒られた。それ以来、木登りはしていない。

けれど、登らないと見えないから、登るしかない。

……ということで、木登りが苦手な僕が木に登るにはどうすればいいかな、と考えて……仕方ない、そこら辺の木にかかる梯子を描く。その梯子を登って、隣の木から、鳥の巣の様子を見させてもらおう。

梯子を描いて、木の上に登った。

木の枝は案外太くて丈夫で、木登り初心者の僕でもなんとか、木の上で安定していられた。

木の上から見た風景は、中々悪くなかった。森の木が広がっているのが見える。その先は見えない。……もっと高くまで登ったら、森の終わりがどこなのかも見えるんだろうけれど。

でもいいや。今見たいのはこの辺りの地形でもなんでもなくて、ただ、鳥の巣の中なんだから。

僕は隣の木の真ん中らへんにかかっている鳥の巣を、覗いた。

……そこに鳥は居なかった。

けれど、それを残念に思う気持ちなんて、一瞬で吹き飛んでしまった。鳥は居なかったけれど、巣の中には……卵があったんだ。

卵の殻は、見事なロビンズエッグ・ブルー。

……青、だった。

青。鮮やかな、青。

ロビンズエッグ・ブルー、っていう色があるのは知っていた。ほんのり緑みの鮮やかな空色。けれど、実物を見るのは初めてだ。まるで空を切り取ってきたみたいに鮮やかな青色の卵。本当にこんな色の卵、存在するんだ。

つやつやとした青い卵を見て……僕はすっかり、夢中になった。だって、隣の木の鳥の巣の中に、青色がある！　青だ！　自然界にはほぼほぼ存在しないんじゃないかと諦めかけていた青だ！

これは是非、絵の具にしたい！

鳥を描くことは一回忘れた。だって卵が青かったから。しょうがない。

僕は枝を伝って、隣の木へと移っていく。結構危ない気がするけれどしょうがない。

体が軽い方なのが幸いしたのか、枝はどこでも折れることなく僕の体重を支えてくれた。慎重に、でも急いで、鳥の巣へと向かっていく。時々危ない時もあったけれど、ぞっとしながらも、それでも僕は進むことをやめなかった。

……そうして、十分。

僕は何とか、鳥の巣の中へと入り込むことができたのだった。

思わずため息が漏れる。

鮮やかな青の卵が、僕の手で触れられる位置にあった。

あの鳥の卵なのかな。大きい。僕の頭くらいある。それで、表面はつるつるしていて光沢があって……青い！

遠くから見たら現実味が無くて、いっそ空の欠片が落ちてるようにも見えたけれど、こうして間近で見てみてもやっぱり不思議だ。どうしてこんな色になるんだろう。綺麗だから？　いや、それは無いか……。

鳥の巣の中にある卵は全部で三個。もし割れた卵の殻なんかがあったら貰っていこうと思ったけれど、残念ながら卵の殻は特に無い。

……ここにある三つの卵は全部、生きている卵、なんだろうな、と思う。いや、もしかしたら無精卵かもしれないけれど。でも、もし生きている卵なんだったら、この卵を傷つけて絵の具にしてしまうのは……躊躇われる、なあ。やっぱり。

試しに一つ抱き上げてみたら、ほのかに温もりがある気がして、より一層、卵を傷つけることを躊躇わせた。

「……どうしようかな」

青い絵の具は欲しい。だから、この卵の殻は欲しい。それから、多分この巣を使っているであろうあの鳥を描きたい。

でも……うーん、どうしようか。

考えながら、僕は卵を抱いたまま、ぼんやりと空を見上げて……。

「……あ、どうも、お邪魔、して、ます……」

巨大な鳥と、目が合った。

……一気に冷や汗が出る。

これ、まずいんじゃないだろうか。

だって僕、この鳥から見たら、自分の巣に勝手に入りこんで、しかも自分の卵を抱いている不審者、ってことに、なる、よな。

ごまかそうにも、僕はしっかり、卵を抱いてしまっている。

目の前の鳥は、大きい。翼を広げたら五メートルぐらいある鳥の頭は、僕の頭よりずっと大きい。多分、くちばしを広げたら、僕の頭ぐらい簡単に……。

「違うよ。悪い事はしてない。別に、卵を狙ってきたわけじゃないんだ。ただ、綺麗だと思って……その、卵も触りはしたけれど、傷はつけてない、から……」

慌ててそう弁明してみたけれど、鳥に話しかける意味ってあるんだろうか。ほら、鳥も怪訝そうな顔して首を傾げ……。

……鳥が、怪訝そうな顔をしている。

鳥が。表情を。

……こんなことってあり得る？

「あの、勝手に巣に入って、ごめん。すぐ出ていくね」

けれどもしかしたら、もしかしたら……この鳥、言葉が通じるんじゃないだろうか。僕はそんなどうしようもない望みをかけて、鳥にそう言いつつ、そっと卵をその場に置いて、じりじりと、後退していく。鳥の巣の外へ。

……でも、鳥はそれを許してくれなかった。

「あ」

鳥のくちばしが伸びてくる。僕のシャツの襟が乱暴に啄まれて、そのまま僕は巣の中へと引き戻される。

そして僕は鳥の巣の中に引きずり込まれて倒される。背中からもろに倒れた割には、鳥の巣が衝撃を吸収してくれたらしくて痛みは少なかった。

けれど、咄嗟に動けない僕は、更に僕を見下ろす鳥を見上げて……そのくちばしがまた迫るのを、スローモーションで見ていた。

僕はつつかれた。ずいずいと、割と遠慮なく。そのせいで、描いて出したばかりのシャツが破ける。幸いにも血が出るような怪我にはならなかったけれど、でも、つつかれて痛い！

つつかれながらもなんとか頭とお腹を守ろうと体を丸めたら、つつかれなくなった。

けれど代わりに、鳥は卵を器用に転がして、僕のお腹と膝の間に押し込んでいく。

……そして、鳥は飛び立っていった。

「……あれ？」

そして僕は、すっかり気が抜けて動けないまま、この状況を理解できず……ただ、空色の卵を抱きながら、横たわっていた。

全くもって謎の状況である。僕は一体何をされているんだろうか。

とりあえず……殺されは、しなかった。うん。それは本当に幸運だったな。僕はあの巨大な鳥につつかれ続けていたらきっと死んでしまうし、この木の上から落とされたらやっぱり死ぬと思う。

生き残れたのは本当に幸運だった。

でも……この状況は一体、何だろう。

僕は今、卵を三つ、抱いている。あの鳥がこの状況を作り出していったんだから、あの鳥は僕にこうしていてほしかった、んだと思うんだけれど……。

「うわ」

と思っていたら、すぐにさっきの鳥が戻ってきた。そして、くちばしに咥えた木の実を僕の口にずいずい押し付けてくる。

食べろ、ということなのか、と思って、とりあえず食べた。

……スパイシーな柿みたいな味がした。なんだこれ。あ、そういえば鳥って辛みを感じないんだっけ？　いや、でも、それにしてもこの味は酷い。渋いのも苦いのも割と平気な方だけれど、辛いのは、ちょっと。

口の中いっぱいに広がる謎の味にどうしていいか分からずに寝転がったまま、鳥に見つめられて時間を過ごした。


……そのままじっとしていると、ちょっと、変化があった。

「ん……なんか、あつい……んだけど……」

あつい。暑いし、自分が熱い。なんだか具合が悪くなってきた。怠い。体が熱い。息が切れる。これ、さっきの実のせいのような気がする。唐辛子って体温を上げる効果があるんだったよな。

なんかそういう効果がさっきの実にもあったんじゃないだろうか。或いは単に、寝転がっている内に疲れが出てきたか。

体調不良まっしぐらの僕はこうなってはもう、高い木の上から逃げ出すこともできやしない。まな板の鯉。鳥の巣の僕。そんな気持ちで、もう諦めてじっとしていることにした。

すると鳥は翼で僕と卵を撫でて……また飛び去って行った。

……そこで僕は気づいた。

「もしかして……温めておけってこと？」

どうやら僕は、抱卵させられているらしい。

眠いし怠いし熱いし、何より鳥に託されてしまったものだから仕方ない。僕は卵を温め続けることにした。

途中で寒気がしてきたから、鞄からブランケットを出して、僕ごと卵を包んだ。僕はあの鳥ほど大きくないから、僕の頭くらいある卵三つを自分の体だけでまんべんなく保温するのはちょっと難しい。それでもなんとか、適当に転がして場所を入れ替えながら、卵三つを温め続ける努力をしてみる。

……それにしても、謎だ。

なんで僕、こんなことしてるんだろうか。ちょっと冷静になったらこれ、おかしい気がしてきた。

巨大な鳥の、巨大な卵を、温めている。……なんでこうなったんだろう。僕は本来なら、あの鳥の絵を描きにきたはずだったんだけれど。けれど卵が綺麗だったから、つい巣に入ったら、こんなことに……。

……うん。もう少し慎重に動いた方がよかったかもしれない。

それからしばらくして夕方になると、鳥が帰ってきた。

「え、あ、おかえり……？」

鳥は僕を見下ろすと……特に僕を攻撃するでもなく、くちばしに咥えた木の実を、僕の口にずいずいと押し付けてきた。

食べろって事、なのかな。もしかして僕は子育てされている？　餌を与えられているのか？

「嫌だ。これ美味しくないし、食べたら体が変になるんだ」

拒否してみたんだけれど、鳥はお構いなしにずいずいくるので、しょうがないから食べた。味は相変わらずだった。ひどい。

僕が木の実を食べたのを見届けて、鳥は巣の中に入ってきた。そして僕の隣に座りこんで、そのまま目を閉じた。

……どうやら、寝るつもりらしい。

どうしようか。鳥が寝るなら僕はもう帰っていいんだろうか。でも、卵を放っておくのも何だか落ち着かないし……。

……いいや。今日はここで泊まろう。どうせ家なんてテントもどきしかないんだし、何所で寝ても一緒だろう。

そう思うとなんだか眠くなってきた。木の実のせいなのか、気疲れしたからか。やっぱりなんとなく、体が熱い。熱っぽい気がする。火照る。頭がぐるぐるする。

駄目だこれ。薄暗い中で木の上で動いていい体調じゃない。ならしょうがない。やることは一つだ。

……おやすみ。

おはよう。

起きたら鳥が僕の目の前で僕をじっと見つめていたものだから、心臓に悪かった。あと、相変わらず体調は変だった。

「……つらい」

出してみた声はちょっと掠れて、如何にも風邪を引いて熱を出している時の具合だ。喉が渇いた。何か飲みたい。体が熱いのに寒気がする。ブランケットに包まってみても寒くて、只々縮こまる。

すると、キュン、と、鳥が鳴く。首をかしげて、じっと僕を見つめて……そして、飛び立っていった。

なんだろうなあ、と思いながらも、只々体が重くて怠くて熱くて寒くて、じっと目を閉じてやり過ごそうとしてみる。ブランケットになんとか収まろうと体を縮めて、丸くなって、けれど卵はなんとか温めて……。

……そうしてしばらくしたら、キョキョン、という鳥の鳴き声と同時に、僕の頭上に何かが降ってきた。

「うわ」

びっくりして目を開けると、そこにあったのは……布、だ。ええと、布製品、というか……服、だろうか。広げて見てみると、それはどうやら、裾の長いTシャツみたいなものと、ズボン、らしかった。綿とか麻とかでできているのかな。肌触りが良くて、さらりとしていて、いいかんじ。

僕が服を眺めていると、更に、頭上から布が降ってくる。そちらも確認してみると、少し厚手の、深い緑色の布で作られた、フード付きの膝下丈のコートみたいな、そういう服だった。金の糸で刺繍が入っているし、縫製はちゃんとしているし、何より、柔らかくて肌触りが良い。古びたかんじはあるけれど、これ、高級品なんじゃないかな。

「どうしたの、これ」

聞いてみるけれど、鳥は、キョキョン、と鳴いて僕を見つめるばかりだ。どういうことなんだろう……。

……今、僕が着ているのは、鳥に破られてしまったTシャツとハーフパンツだけだ。ほとんどボロ布を着ているみたいなものだ。そう。鳥に破かれてしまったものだから、それで余計に寒気がするっていうか、ブランケットに上手く収まろうとして、変に体を縮めることになっているというか……。

「……ええと、お借りします」

なので、もう、借りてしまう事にした。破れた服を脱いで、長いTシャツとズボン、そしてフード付きの上着とを着てみる。……すると。

「あれ、なんだか楽になった……」

何故か。本当に、何故か。体の熱が引いて、だるさも軽減された。なんだろう、冷えから来ていた体調不良だった、んだろうか？

僕が不思議がっていると、鳥は満足げに鳴いて、また巣から飛び立って行って……。

「……また、食べなきゃだめ？」

僕に、例の木の実をずいずい押し付けてきた。しょうがなく食べたら、また体調不良になってしまった。うう……。


服を着たら楽になった体調だけれど、木の実を追加で食べさせられてプラスマイナスゼロになってしまった。僕はまた悪くなった体調を抱えて、でも、さっきまでのように体を縮める必要もないから、幾分楽に抱卵していた。

……そんな時。

「……ん？」

僕のお腹の辺りで、何かがもぞもぞ動いているような気がした。

なんだろう、と思ってブランケットを捲ってみたら、一番お腹に近かった卵がもぞもぞ動いていた。そして。

……ぴし、と卵に罅が入って、中から鳥の雛が出てきたのだった。


それからまた抱卵させられていたけれど、別にそれはいい。

それよりも大切なのは、鳥が生まれたという事。つまり、卵が割れたということだ。卵の殻はもう用済みなはずだから、僕が貰ってしまってもいいだろう。

割れた卵の殻の欠片は、流石に大きな卵のものだけあってそれなりに厚い。青色をしているのは表面だけのようだけれど、十分だ。これを使えばきっと、青い絵の具が作れる。

夕方になったらもう一つ、卵が孵った。それから翌朝、もう一つ。

その頃には僕の体調は元に戻っていたので、もう木を降りられる。ああ、よかった……。

「あの、じゃあ、僕、もう帰るね」

一声かけてみると、鳥はどこか満足げな顔をしている、ように見えた。

「それで、ええと……」

それから、鳥相手にこういうことを聞くのもなんだか変だよなあ、と思いつつ、一応……卵の殻を貰う許可を得よう、と思って、話しかけてみると。

……キョキョン、と鳥が鳴いて、ずい、と僕に卵の殻を押しやってきた。

「……くれるの？　いいの？」

びっくりしながらそう聞いてみたら、鳥は満足げに頷いた。……やった！　青色の絵の具が手に入る！

「あ、ちなみに服は……」

そして、借りっぱなしになっていた服についても、キョキョン、と返事を頂いた。ええと……じゃあ、ありがたく、頂いておきます。着替えは欲しかったし、この服、着心地が良いし。ラッキーだったなあ。

こうして僕は、ぴぃぴぃ鳴く鳥の雛と、そんな雛を前にどこか満足気な巨大な鳥に別れを告げて、テントに帰る、ことにしたのだけれど……。

「本来の目的を忘れるところだった」

……木を降りる前に、生まれたばかりの鳥の一家を描いてから帰ることにした。

その途中で巨大な鳥に木の実を分けてもらった。今度はちゃんとした味のやつ。甘くて瑞々しくて美味しかったし、別に体調もおかしくならなかった。これ、抱卵のお礼のつもりなんだろうか。ということは、昨日食べさせられた美味しくない奴はやっぱり、なんかこう……僕の体温を上げて抱卵の最適温度にする為のものだったんだろうか。なんだろうそれ、すごく怖いんだけれど。

……まあいいや。鳥一家の皆様のお役に立てて光栄です。

帰り道、僕はすごく達成感に満ちていたし、すごくわくわくしてもいた。

酷い味の木の実を食べさせられたり、そのせいで体調が悪くなったり、そのまま卵を温めさせられたり色々あったけれど、終わりよければすべてよし。鳥の絵は描けたし、鳥の雛まで描けた。

そして何より……青！

巨大な鳥の巨大な卵の、青い卵の殻！　これを一欠片貰って、それを使って青い絵の具を作ることができた！

これで大体は、赤と黄色と青が揃ったことになる。緑や紫、オレンジなんかも手に入っているから、もう、大体の絵は描くことができるだろう。

さて……これを使って、何を描こう？

＊変な馬がやってきた

僕はテントまで戻ってきた。久しぶり。何と言っても、鳥の巣で二泊してきたから。……何やってるんだろう、僕は。

まあいいや。気を取り直して、最初に作るのは『色見本』だ。

何枚かの紙に、絵の具で色をつけていく。それぞれ、何からとった色で、どうやって作ったかも記録していく。

これは、絵の具のチューブを失くしてしまった時のための、いわばバックアップみたいなものだ。色の欠片さえあれば、それを使って新しい絵の具のチューブを作ることはできるわけだし。その色をどうやって作ったかもメモしてあれば、もう一度作ることもできるかもしれないし。

これからも定期的に、色見本というか、色のバックアップは取っていこうと思う。……青い卵の殻なんて、そうそう手に入らないだろうし。

さて。青が手に入ったから、色々なものが描けるようになった。

最初に、果樹を描く。なんでって、一々食べ物を描くのが面倒だから。色々なものを描きたいから、食料は絵の実体化に頼らなくても供給できるようにしたかった。特に、果物くらいは。

……だから泉の近くには果樹が何本も生えることになった。

気温がそんなに低くなかったから、初夏くらいの気候かな、と思いつつ、でも季節がよく分からなかったので、梨とかブドウとか桃とか、本当に適当に、特に何も考えずに何本か描いてみた。

するとうまい具合に生えてくれて、実をもいで食べられるようになってくれた。調子に乗って、トマトときゅうりとじゃがいもも生やした。生えた。あと、単純に好きだから枝豆。これも生えた。

……これで当面の食事は大丈夫だろう。あとは時々、肉を焼いて食べればいいと思う。

畑ができたら、次は家に挑戦する。……ただし、前回の泉みたいに気絶したくないから、少しずつやることにした。

まず、土台を作る。木でできた、高床式の……まあ、ウッドデッキみたいなものを作った。これだけでも結構疲れてしまったけれど、とりあえず、気絶はしなかった。

その次の日は、柱や梁。要は骨組み。これも少し疲れたけれど、気絶はしなかった。

……そして次の日は壁を作って、その次の日に屋根を作った。

五日目にやっと家具を作って……こうして、僕は家を一軒、造り上げることができた。


「……快適だ」

その日の夜、僕はやっと、ベッドで眠ることになった。

今まで地面、或いは鳥の巣で寝ていたから、ベッドのふわふわとした感触は一周回って新鮮だった。懐かしい、というか。

……そういえば、僕がこの世界に来てしまってから、もう半月になる。

その間、僕が何をしていたか、といったら……ほとんどずっと絵を描いていた、なあ……。

まあ……絵が実体化するなんていう、不思議なことが起きてしまったのだから仕方ない。むしろ僕は、絵を描けたからこそこうやって生き延びているとも言えるだろう。もし、絵を描かずにいたら……もうとっくに餓え死にしていたんじゃないかな。うん。だから、しょうがない。

……生きるために絵を描かないといけない状況なのだけれど、この状況は今の僕にとって、非常に幸福な状況でもある。

何と言っても、絵を描き放題。絵の具の色を揃えたりするのは難しいけれど、描けるものなら何でも入手し放題。高い画材だって使い放題！

それから、時間も使い放題だ。学校が無いからずっと絵を描いていられる。それに何より、親の目が無いから、やっぱりずっと絵を描いていられる。

……親は、帰ってこない僕を心配しているだろうか。しているだろうな。そういう人達だ。僕の親は。でも、今すぐに元の世界に帰る方法が見つかったとしても、僕がすぐ元の世界に帰るかは……うーん、迷いどころ、のような気がする。

だって……ここに居れば絵を描いていられる。

僕にとって絵を描けるということは何よりも重要なことなんだ。僕はそういう生き物だから。

だから、そういう意味で、この世界は元の世界よりもずっと居心地がいい。何ならずっとここに居たい。

……元の世界について心残りなのは、きっと両親やその他の人達を心配させているだろうな、ということ。学校や何やら、色々なものを放り出してきてしまっているから、それ。

それから……先生のこと。

先生は……説明が難しい人だ。大人だけれど、他の大人とは大分違う人だ。家の人じゃないし、学校の人でもない。僕は先生の他に、先生みたいな人を見たことがない。僕にとって先生は『先生』のような立場でもあるんだけれど、それと同時に、多分、友達、でもある。

僕にとって唯一の理解者であって、先生にとって僕も、まあ多分……多少は理解者、で在れている、と、思う。あまり自信はないけれど。

残念ながら、僕は高校生で先生は大人なので、そこには明確な力（経済力とかそういうの）の差があったし、僕が先生のお世話になっていることは間違いないし、迷惑をかけていることも間違いないけれど……多分、先生はそういう世話や迷惑を、そこそこに楽しんでくれている。ありがたいことに。

まあ、とにかく、先生はそういう人だ。だから、僕は先生が心残りだ。

この世界に居れば絵を描き放題だったとしても、元の世界には先生が居るので……帰る方法を探さないとな、とは、思う。

けれど……先生なら、僕が一年くらい異世界に行っていて消えていても、それを面白がってくれるだろう。お土産話をしたらきっと喜んでくれると思う。だから、そんなに急がなくてもいいかな、とも、思う。

両親については……うん、まあ、ごめんなさい。

初めてベッドで眠った翌日。僕は快眠しすぎて昼まで寝ていた。……ベッドって寝心地いいんだね。びっくりするくらい疲れが取れた。すごい。

さて。この世界に来て一番熟睡した今日は、泉をもう一つ描くことにしよう。

何故って、生活用水と飲み水は分けたかったから。それから……生活用水の方の泉が、鳥の水浴び場にされたから。

……あの巨大な鳥は、僕を気に入ったらしい。僕が敵じゃないって分かったからなのか、それとも抱卵させた義理なのか、すっかり懐いた。

あの巨大な体で懐かれても割と怖いのだけれど、鳥は構わず『キョキョン』みたいな鳴き声を上げながら、僕の所にやってきた。

そしてこの鳥は、僕が出した泉を水浴び場にすることに決めたらしい。

「おはよう」

今日も来ていた。巨大な鳥が泉に入ってバタバタやっていた。

僕はそれを見つつ、その横で洗濯を始めた。……服を描くのもいいけれど、描くよりは洗う方が早い。だから、絵を描く時間を確保するために、洗濯くらいはすることにした。

鳥に貰った服は、特に大切に洗う。……なんとなくだけれど、これを着ていると、ちょっとだけ、疲れにくい気がするから。

鳥が水浴びする横で洗濯していると、自然と僕もずぶ濡れになる。それは承知の上。ただ、最初は何も考えていなかったものだから、鳥にバシャバシャと遠慮なくやられてしまって、服が元々着ていた制服と鳥から貰った深緑の服しか無かった僕は、そのまま二着が乾くまで、裸のままブランケットに包まって待っていた。

するとそれを見ていた鳥は自分の行いを反省したのか、はたまた僕を憐れんだのか、或いは何も考えていないのか……更に服を持ってきてくれた。

一着は、鳩羽色をしたケープ付きの服。パーカーみたいなものだと思えばそんなものなので、普段着にさせてもらうことにした。もう一着は、白くて薄手の、裾が長い服。古代ローマとか古代ギリシャとかの服に雰囲気が似ている、かもしれない。これは薄手で着心地が良いから、寝間着にさせてもらっている。洗濯する時に着るのもこれ。薄手だからすぐ乾くんだよ、これ。

ということで、今日の洗濯についても、薄手の白い服を着てやっている。鳥のバシャバシャでずぶ濡れになったら着ていた服も洗いつつ、ついでに自分自身も水浴びする。なんとなく、鳥に石鹸が付いたら良くない気がするので、僕は泉から水が流れていくところの小川で水浴びする。鳥は上流で、我が物顔で水浴びしている。……なんとなく納得がいかない気もする。

鳥と一緒に綺麗になったら、ちゃんと乾いている服に着替えて、早速もう一つ、泉を描いていこう。

今度描く泉は、元々ある泉よりも家に近い位置に描く。元々の泉の方は鳥に明け渡してやるとして、僕の飲み水と水彩画用の水を作るための泉をもう一つ、作りたい。

こっちは鳥に使われたくないから、少し人工的な、そして小さなものにする。

大理石の柱を立てて鳥避けにして、その上にはやっぱり鳥避けと雨避けの屋根。その中に、石材でしっかり整備した泉を作る。泉というより、祭壇と噴水、みたいなかんじになってしまった。まあいいか。

今回、使う石を大理石にしたのは、いつか彫刻もやってみたいから、その時に大理石を出す練習。

……今のところ、大理石風の石、っていうかんじかもしれない。彫刻には向かなさそう。肌理が粗い。……まあいいや。もっと練習して上手くなろう。

それから今回、一つ発見があった。

それは、『絵を実体化させる時の疲れ方』の発見だ。

今回、また泉を作ってみて分かった。どうやら僕は、やっぱりというか、『大きなもの』を出そうとすると疲れてしまうらしい。家もそうだったけれど、自分よりも大きなものを出そうとすると、やはり疲れる。

……そしてそれ以上に疲れるのが、『水』。

今回も、泉に水を描き入れて、水が湧き出るところを実体化させた時が一番疲れた。最初に作った泉と比べたらずっと小さなものを作ったんだけれど、それでも相当疲れた。正直、家よりも疲れた。家の方が何倍もずっと大きいんだけどな。

……この現象の謎は、すぐに分かった。だって僕、割と最初の方に『麦茶』も『水』も出していたから。

コップの中に入ったそれを出すのは、そんなに疲れる仕事じゃなかった。下手したら、絵の具よりも楽だったかもしれない。それってなんでだ、って考えると、やっぱり、量が少なくて小さかった、っていうこともあるだろうけれど……何よりも、『水が湧き出る仕組み自体』を作っていたわけじゃないから、だと思う。

これ、よくよく考えてみたら当たり前かもしれない。だって、『泉』って、『水が半永久的に生成され続ける仕組み』なんだから。コップ一杯の水を出すのとは訳が違うだろう。当然、麦茶よりも、何なら家よりも……泉の方が、とんでもないのだ。地面の下の、地下水とかそういうのにまで影響しているんだから。

考えてみたらこれ、相当に大変なことなんじゃないだろうか。特に何も考えず、ただ大量の水を実体化させようと思って泉を実体化させてしまったけれど、これ、よかったんだろうか。いや、もう遅いけど。

……まあいいや。何か問題が起きたら、その時にまた考えよう。今考えていてもしょうがないよ。うん。

そうして僕は泉をもう一つ作って、さあ、これで鳥に邪魔されること無く水彩用の水を得ることができるぞ、と思って、その日は肉を焼いて食べて果物をもいで食べて、寝た。

……その翌朝。

「増えてる……」

最初に作った方の泉で、鳥が水浴びしていた。もういつものことになったから、これはいい。

けど、その横で、妙な格好の馬が水を飲んでいるのは、ちょっと分からない。

妙な馬は真っ白な毛並みで、鬣(たてがみ)と尻尾は金色だった。絵に描いたような綺麗な馬だったのだけれど……水を飲むために背を屈めたその背中で、翼がぱたぱたと動くのが見えた。

うん。翼が。

翼が、馬の背中に。

……これ、何？


僕の生活用水、兼、巨大な鳥の水浴び場と化した例の泉に、馬が来ている。

けれど、その馬がなんだか妙な奴で……背中に、羽のようなものが生えているのだ。

『天馬』という単語が僕の頭の中にちらつく。うん、もしそういうのが実在したらこういう見た目かもしれない。

……ただし、その天馬（仮）は、ちょっぴり様子がおかしい。

家の窓から観察していると、その理由が分かった。

「……怪我してる」

その馬の背中から生えている翼は、片方しかなかった。もう片方は……無残にも、根本から切り取られてしまったような格好になっていた。

逃げられるなら逃げられるでいいかな、と思いつつ、そっと家から出てみると、鳥が僕に気づいた。

鳥は僕に気づきつつ、特に警戒することなく、それでいてちょっとだけ体をずらして下流の方のスペースを空けた。……僕の水浴び場を空けてくれたらしい。下流の方に。ええと……親切だね、と思うことにしよう。

さて、鳥はいいとして、馬。

馬は僕に気づいて、怯えた様子を見せた。でも、鳥が特に気にしていないのを見たからか、僕が泉に近づいても逃げようとはしなかった。

……近づいてよく見たら、馬の脚の一本に傷があった。もしかしたら、逃げてもあまり速くは走れないのかもしれない。

なんだか可哀相だな、とか、痛そうだな、とか思いつつ、とりあえず僕はいつもの如く水浴びすることにした。折角、鳥が場所を空けてくれたことだし。

僕が水浴びしていると、馬は僕の方を気にする様子を見せながらも、だんだん僕に慣れてきたらしい。水を飲み終わった後も泉の近くで草を食べつつ、特に逃げる様子は見せなかった。

なので僕は、洗濯と水浴びを終わらせた後、そっと画材を取って戻ってきて……そこに、薬を描いてみた。

うん。傷薬。先生の家に常備してあった、いつのだか分からない古い奴。古い奴だけれど擦り傷にも切り傷にも火傷にも効く奴で、僕は割とお世話になった。

……早速そういう塗り薬ができたので、僕は馬のところにそれを持っていく。翼の片方はどうしようもないけれど、脚の傷には効くだろう、と思って。

けれど、馬の方からしてみたら余計なお世話だったのかもしれない。馬は僕が薬をもって近づくと、ちょっと距離を置いた。また近づくと、またちょっと離れる。

……可哀相だったので、僕は近づくのを諦めた。そうこうしている間に、その馬は森の奥へと帰っていってしまった。

うーん……どうにかしてあげたかったのだけれど、やっぱり余計なお世話だっただろうか。

馬のことが気になったけれど、僕にできることはない。

僕は折角だから薬の類をもう少し描いて実体化させていざという時に備えつつ、最初の頃に描いて実体化させそこなった鉛筆を実体化させて増やしたり、ナイフも一本だと心許ないから包丁を作ったり、そうこうしている間にガラスが描きたくなって、ガラスのランプを描いて実体化させたり、と過ごした。

……そうして絵を描くだけ描いて夜になって、眠ったら朝が来る。

朝になって窓の外を覗いてみたら……いた。昨日の馬だ。

相変わらず、脚の傷も片方だけの翼もそのままだ。痛々しくて、見ていてちょっと苦しい。

それに、あんまりうまく体を動かせないらしくて、屈んで草を食べることができないみたいだ。

あれじゃあお腹が空くだろう。でも、治療をしようにも僕は獣医じゃないし、薬を塗ろうとしたら逃げられるだろうし。

……よし。

僕はその場で、草を描く。あまり屈まなくても食べられるくらいの、丈の高い草。それでいて、馬の消化に良さそうな、柔らかそうな奴を。

……最初に地面の様子をざっと描く。泉の縁やそこにある岩なんかを描いて、それから、そこに草を生やしていく。

草地の描き方って結構難しいね。急ぐとなると草一本一本を描いていく訳にもいかないから、水彩でざくざく描いていくようなかんじになる。

けれど、それでもうまくいった。

絵が完成した途端、絵がふるふる震えて、きゅ、と縮まって……ふわ、と広がっていく。

そして、地面には草が生えた。

馬は驚いて、ひひん、と鳴きながら草から一歩分の距離を取った。草をしげしげと眺めながら、戸惑っている様子だ。急に草が生えたんだから当たり前かもしれない。

けれど、馬は戸惑いながらも、ちょっとずつ草を齧り始めている。……美味しいといいな。僕は草を食べないから味は分からないけれど。

……ところで。

泉を描いた時にも思ったのだけれど、『元々ある場所に新しいものを描く』っていうのは、『絵が実体化する』のとは少し違う気がする。

今回、草を生やしたのもそうだった。草が画用紙の上に出てくるんじゃなくて、草が地面に生えた。絵が実際の風景に反映された、っていうことになる。

これは……うーん、どういうことなんだろう。一つ確かに分かる事は、これ、絵を実体化させることよりも、絵を実際の風景に反映させることの方が疲れる、ということだけなんだけれど……。

……まあいいか。ちょっと実験してみよう。

『絵を実体化させる』んじゃなくて、『絵を反映させる』のって、どこまでできるのか、気になってきた。


ここから先は時間との勝負。僕は水彩用紙に急いで、馬をスケッチしていった。

動物を間近で見た経験はあまりないけれど、写真や動画は見ることができたから、あとは観察だけでもなんとかなる。大体の体の構造は知っているから、後は見ながら細部を詰めていく。

ある程度描けたら、着色に入る。結構手を抜いているけれど、これでも何とかなるんじゃないかな。まあ駄目でも、やってみるだけやってみよう。

白い馬だから、色を塗るのが難しい。白い毛並みに金色の鬣と尻尾。綺麗な馬だなあ、と思いながら、どんどん着色していく。白はそのまま紙の色を残すようにして、影だけ色を乗せていくかんじで。腹の辺りには反射光も入れる。地面の草に反射した光が馬のお腹あたりを照らすイメージで、ほんのり緑を入れてみる。

……そして、その中で僕は、馬の脚に包帯を描き足した。

枯れた泉に水が湧いたんだから、怪我した馬の脚に包帯をくっつけるくらいできるだろう、と思いながら。

そして馬の背中に翼を描き加えて着色した、その時。

絵がふるふる震えて、きゅ、と縮まって……紙の上から飛んでいって、消えた。あれ、と思って紙から視線を上げてみたら……。

「……やった」

窓の外では、馬が足に巻かれた包帯を見て、戸惑っていた。

そっと家の外に出ると、鳥も馬も僕に気づいた。

いつものように鳥が場所を空けてくれたのでそこに入って洗濯すると、そこに馬が近づいてきた。

……そう。馬が僕に、近づいてきた。

「……ちょっと触ってもいい？」

聞いてみたら、馬は『どうぞ』と言うかのように、僕の前に首を差し出してきた。

僕は怖々、馬の首筋に触って……毛の下に皮があって、皮の下に骨と肉があって、そしてその中に確かな生き物の熱があることを、感じた。そのまま撫でてみると、馬は大人しく撫でられてくれた。……包帯を巻いたのが僕だって分かったのかな。だとしたら随分と賢い馬だ。

どうやら馬は僕を警戒しないことにしてくれたらしい。僕としても、動物は嫌いじゃないから、これは嬉しい。

それに何より、脚が少しでも良くなってくれたら……本当に嬉しい。

それにしても、今回のはまた一つ発見だった。

どうやら、『絵に描いたものを実体化させる』だけじゃなくて、『実際にあるものに絵を反映させる』こともできるらしい。

これを使えば、既に生えている果樹に果物を実らせ直したり、馬が食べちゃった草を生やし直したりすることもできる。それから、今やったみたいに、馬に触れずに馬に包帯を巻くこともできるみたいだ。

これは便利だ。……ただ、使いすぎると疲れるみたいだけれど。うん。注意しよう。

それから、もう一つ。

……どうやら、結構急いで手を抜きながら描いてしまっても、ある程度は実体化するらしい。なんだろう。今回のは元々のものがあって、そこに包帯だけ実体化させたから、だったのかな。それとも、絵を描くことになれてきたから？

うーん……ちょっと試してみたいけれど、今日はもういいや。なんだか、馬で頭がいっぱいだ。なので結局その日は馬を思い出しながら、馬を描くのを練習した。動物を描くのはあまりないことだったから新鮮だ。ずっと静物デッサンばっかりだったから。

生き物って、毛があって、皮があって、肉があって骨があって、温かい。触らせてもらったら、脈打ってるのが分かった。呼吸してるのも分かった。生きてるんだな、っていう感触だった。

……その感触は、嫌いじゃなかった。皮や肉の柔らかさ、確かな熱、流れる血液や息遣いまで全部、生き物が生きているあの感覚を描いてみたいな、と思った。

うん、そのためにも練習しないとな。練習、しないと……。

「まさか練習台を連れてきてくれるとは思わなかったよ」

その翌日、馬は別の馬を連れてきた。

「ん？　これも馬……かな？　友達？」

僕は困った。本当に困った。

羽が生えた馬にも驚いたけれど、角が生えた馬にも驚くよ。なんでこの馬はおでこに角が生えているんだろうか。

……いや、『生えていた』と言った方がいいけれど。角は根元近くでぽっきり折れてしまっていて、角の断面が見えている。元は真っ直ぐに角が伸びていたんだと思うんだけれど……。

それから、傷が多かった。角が生えた馬の体には、あちこちに傷があった。どうやら最近できた傷らしくて、血がまだ滲んでいるものもあった。

「……もしかして、この馬も治せってこと？」

羽が生えた馬は、『そうだ』と言わんばかりに、ぶるん、と鳴いた。


それから僕は角が生えた馬を描いて、そこに包帯を巻いていった。

僕が絵を描いている間、角が生えた馬は居心地悪そうにしていたけれど、羽が生えた馬が諫めるように寄り添っていたからか、逃げ出すことはなかった。

角が生えた馬は傷が多くて、その分、包帯が沢山必要だった。画用紙の上の馬が、どんどん包帯だらけになっていく。

……なんだか可哀相で、ちょっと苦しい。こんなに怪我するって、一体何があったんだろう。崖から落ちたとか？　でも、切り傷が多いように見えるし……。

……考えながらも筆を進めて、馬の傷全てに包帯を巻くことができた。でも、もう少しだけ。

僕は馬の角を描いた。

折れてしまった角だけれど、折れたところに包帯を巻いて、その先に角があるように描いた。義手とか義足とか、そういうやつのつもりで。角に義手ならぬ義角を付けてやったら、少し、この馬の気が晴れるかな、と思って。

……いや、馬の気持ちなんて知らないし、それを測るのは失礼な気もするんだけれど……うん。単に、僕の気が晴れそうだったから。

白い馬の体に、銀色の鬣と尻尾。それに、折れても尚、太陽の光に輝く角が綺麗だった。だから。

馬の角は、折れて尚、美しかった。夜空に輝く星みたいな、青白く冷たく澄んだ色をしていた。

幸いにも、青の絵の具は最近できたばっかりだ。それを上手く使って、色を付けていく。

角は光沢も素晴らしい。金属やガラスとは違う、柔らかさのある光沢だ。プラスチックに近い、のかな。でも、プラスチックよりずっと深みがあるというか……うーん、難しいな。だから面白いんだけれども。

そういえば、馬の体にも個性がある。羽の馬よりも角の馬の方が逞しいかんじがする。筋肉の盛り上がりがより分かりやすい、というか。まあ、そうだよね。人間にだって個性があるし、馬にだって個性がある。その違いも意識しながら、僕はどんどん馬を描き進めていく。

……そうして僕は、角が生えた馬にも包帯を巻き終えた。

いきなり包帯が巻かれて、しかも義角まで着けられた馬はびっくりした様子だったけれど、暴れたのは少しだけで……すぐ、大人しくなった。

義角で水面をつついてみたり、地面をつついてみたりしながら、その場でくるくる回ったり、困惑した様子ではあったけれど、それは暴れているんじゃなくて、困惑しているだけ。そんなかんじだった。

羽が生えた馬が擦り寄ると、それに合わせて角が生えた馬も擦り寄る。それから羽が生えた馬は、角が生えた馬の角に頭を寄せて……角に擦りついてから、ぶるる、と機嫌良さそうに鳴いた。

それから二頭で仲良く水を飲み始める。どうやら、治療は二頭のお気に召したらしい。

うん、よかった。少しでも痛みが引いていればいいんだけれど。あの傷はとても痛そうだったから。

……さて。僕も水浴びしよう。

僕が水浴びを始めると、角が生えた馬はちょっと嫌そうな顔をした。いや、顔というか、全身で『嫌』を表してきた。

……そういえば『一角獣』って、男が嫌いなんだっけ？　うん、それはちょっとごめん。でも僕は水浴びがしたい。

僕が構わず水浴びを進めると、一角獣はやっぱり嫌そうだったけれど、それを途中で天馬に諌められた、ように見えた。天馬の方はなんというか、物分かりがいいなあ。なんとなく性格が見えるようで、ちょっと微笑ましい。

天馬に諌められた一角獣は、ちょっと嫌々に見えたけれど、やがて僕に近づいてきてくれた。

「触ってもいい？」

聞いてみても逃げなかったので撫でさせてもらう。

天馬とはまた少し違う感触だった。少し毛が短いのかな。でも尻尾の感触がすごくいい。天馬はふわふわで、一角獣はするする。そういうかんじがする。

……それから、ちょっと、角が目に付いた。

包帯は全部上手くいったと思うけれど、角はどうだろう。義手ならぬ義角は、迷惑じゃなかったかな。

「ええと……角も、触ってみていい？」

聞いてみたら僕の言葉が分かっているかのように、頭を下げて角を近づけてくれた。

なんだか、綺麗な生き物を前にちょっと恐れ多いような気持ちになりながら、そっと、角に触る。

……触れた角は、温かかった。

思わず手を引っ込めた。

だって、義角……作り物の角が、温かいなんて、思わなかった。ひんやりして硬い感触を想像していた。

手を引っ込めてすぐ、これはおかしいんじゃないか、と気づく。

触れた角は、まるで……生きている、本物の角のように思える。

もう一度、角に触る。

青白い色の、綺麗なそれ。一本真っ直ぐに伸びて、捻じれた形状もまた一つの芸術品みたいに見える、すごく綺麗なそれに、触る。

……やっぱり、温かかった。

「……包帯、外してもいい？」

断りを入れてから、そっと、一角獣の角の根本に巻かれた包帯に手を掛ける。

包帯の下には、きっと継ぎ目があるはずだ。だって、そこで角は折れていた。僕はそこに角を描き足しただけで……。

包帯の下には、角があった。継ぎ目も無く、折れてなんていない……『本物の』角が一本、確かにそこに生えていた。

それを確認した途端、僕は意識が遠のくのを感じて……多分、そのまま気絶した。

目が覚めたらぬくぬくふわふわ、居心地が良かった。

……どうやら僕は気絶した後、水から引き上げられて地面に寝かされて、そこで巨大な鳥に温められていたらしい。

「ありがとう。あったかかった」

お礼を言うと、鳥は満足げにキュンと鳴いて、飛び立っていった。

……全裸で濡れたまま寝ていたのに風邪をひかなかったんだから、ありがたいことだ。うん、鳥がいてくれてよかった。

「君達もまだ居たんだ」

それから、泉の傍で、天馬と一角獣がうろうろしていた。僕が近づくと、二頭とも大人しく近寄ってきた。……一角獣の方は少し嫌そうだったけれど。うん、ごめんね、男で。

「角の調子はどう？」

聞いてみると、一角獣はその角でごく軽く、僕を小突いてきた。うん、元気そうで何より。

「……本当に本物の角が治っちゃった、のかな」

一角獣の様子を見る限り、角は元通りになったらしい。そして、僕は角を実体化させたことで気絶したんだろう。泉の時みたいに。

泉の時は、『水が湧き出る仕組み』まで実体化させてしまったから気絶したんだと思う。

そして今回は、『無くなってしまった一角獣の角を戻した』から気絶した、んだろうか。単なる実体化じゃなくて治療になっちゃうから別枠、ってことかな。

……でも、今回のは大きな発見、だよね。絵の実体化は、結構奥が深いらしい。


とりあえず、体を拭いて服を着た。

それから朝ご飯なのか昼ご飯なのかよく分からない食事を摂って……さて。

「君の方も治そうか」

もう一回気絶したっていいよ。僕は天馬の羽も、描きたくなった。

天馬は描かれる間、ずっと大人しかった。治療中だって分かるのかもしれない。

その間、一角獣はそこらへんを走り回ったり、草を食べたり、畑のミニトマトを勝手に齧ったりして気ままに過ごしていたけれど、決して、天馬から一定以上は離れようとしなかった。……本当に仲がいいんだね。

天馬の翼は、失われていない片方を参考に描く。左右反転しながら模写をすればいいように構図を取れば、翼初心者の僕でもそれなりのものが描ける。

翼はほんのり金色がかった白。クリーム色、と表現してもいいのかもしれない。柔らかくて優しい色だ。夕焼けになりかかった空に浮かぶ雲は、こういう色をしている。

羽の一枚一枚がふわふわして、如何にも柔らかそうに見える。それでいて、翼の外側の方にある羽……ええと、風切り羽、っていうのかな。そういう羽は、柔らかそうでありながらもシャープな形をしているから、羽毛の影を丁寧にとって、柔らかさと硬さをちゃんと表現できるようにする。

「さて、できた」

そうしている間に僕は天馬の絵を描き終えていた。ちゃんと、翼が二枚ともある姿で。

そして描き終わった時、ひひん、と小さく天馬が鳴く。困惑と嬉しさが混ざったような様子でくるくると回りながら、背中の翼を二枚、ぱたぱたとはためかせていた。それを見て、一角獣が近づいていって、天馬の羽にすりすりと頭を寄せる。天馬はゆったりと尻尾を振りながら、一角獣に寄り添って、二頭は仲睦まじく尻尾を振り合った。

「よかった……」

僕は、翼が治った天馬と、嬉しそうな彼らの姿を見て、じんわり嬉しくなって……また、気絶した。

目が覚めたら夜だった。そして僕は、馬二頭に両脇を固められて温められていたらしい。お蔭で風邪を引かなかったんだからありがたい、というのはおいておいて……次からは気絶しそうなものを描く時は、ブランケットを被ってから描き上げるようにしようかな。

その後、馬二頭は森の奥へ帰っていった。うん、元気になってくれたみたいでよかった。これは素直に嬉しい。

……一方、僕は一日に二回も気絶したわけで、間違いなく『元気じゃなくなった』かんじがする。頭が痛いし、目眩がすごい。地面がふわふわ揺れているような気がする。まるで船に乗っている時みたいだ。

これは……まあ、大人しく休んでおいた方がいいだろうな、と思ったので、今日はもう寝る。もう何もしない。絵を描く気力も無いんだ。

食事を摂った方がいいような気もしたけれど、食べても戻してしまいそうだったから、そのままベッドに入ってブランケットに包まって、さっさと眠ることにした。横になってもしばらく、地面がぐるぐるしているような気がしていたけれど、それでもその内、眠ってしまえた。

寝て起きたら、もう昼過ぎだった。結構寝過ごしたけれど、それはそれとして、体調はぼちぼち戻っていたからまあいいか、と思うことにする。

よく先生が言ってたよ。『いいか、トーゴ。うっかり予期せずして寝過ごしちゃった時には、これは自分に必要な睡眠だったのだ、と思うと良いぜ。ほら、やっぱり睡眠不足っていうのは自覚できない内に体調不良に繋がるしな。そうなると作業も捗らないものだから……うん。必要な事だった、必要な事だった。オーライ』って。まあ、主に、先生の仕事が忙しいにもかかわらず、夕方まで寝過ごしてしまった時とかに。

そんな僕とは違って例の鳥はちゃんと早起きして、水浴びを終えて帰っていったらしい。泉にバシャバシャやった痕跡が残っている。

……けれど、今日は、鳥の代わりに馬が居た。

「おはよう。早くないけど」

馬に挨拶すると、馬は慣れた様子でぶるん、と鳴いて、変わらず水を飲んでいた。……この泉、すっかり僕以外の生き物のための場所みたいになってるなあ。

「角と羽の調子はどう?」

聞きつつ撫でてみると、角は相変わらず角だったし、羽も問題なく両方羽だった。更に、天馬は翼をはためかせて……飛んでみせてくれた。

「……馬が飛んだ」

馬って飛ぶんだなあ。現実味の無い光景を見ながらそう思って……うん、まあ、そういう世界だしな、と納得することにした。うん。馬は飛ぶ。この世界では馬は飛ぶ。オーケー。

馬が元気になったので、馬のために少し、泉の周りに草を生やすことにした。

いや、食べ物があった方がいいかな、と思って。……そうしたら、中々馬には好評だったらしい。天馬も一角獣も、泉の周りに生えた草を食べたり、木陰でくつろいだり、泉の水を飲んだりと、泉の周りで過ごしてくれるようになった。

……そして。よっぽどここが気に入ったのか、更に仲間を連れてきてくれた。

「増えた……」

翌朝の泉の周りは、馬だらけだった。あと、鳥。鳥の大きさってすごいな。馬よりもインパクトあるよ。小さな小屋ぐらいの大きさはあるもんなあ、この鳥。

……でも、今は馬だ。馬が大変だ。連れてこられた馬は皆、どこかに怪我をしていた。翼を切り取られたような天馬も居たし、角が折れている一角獣も居た。

……ので、しょうがない。

僕は片っ端から、天馬と一角獣を治していくことにした！

……そうして僕は、馬を描いては気絶して倒れ、起きては馬を描いて、そしてまた気絶して倒れる……という日々を過ごすことになった。

まあ、しょうがない。馬は怪我していたし、見ているだけで痛くなってくるような、そんなかんじがしたから。治さないなんて選択肢は元々なかった。助けられるものは助けてあげたい。怪我が痛くて辛いっていうのは、僕も知っているから。

怪我をした馬達は寄り添って、お互いにお互いを温めあいながら僕の治療を待っている。怪我が治った馬は、怪我をしている馬の代わりに餌になる草や果物をとってきたり、はたまた、気絶続きで体調不良の僕に寄り添って元気づけてくれたりしている。

そうして、僕は馬に囲まれながら何日も馬を描き続けた。結構、時間がかかった。多分……丸々一週間ちょっと。何度も気絶している間に時間の感覚なんてどこかに行ってしまったから、正確なところは分からないな。

でもお蔭で何頭もの馬が治ったし……嬉しいことが三つあった。

嬉しいこと一つ目。

馬を描くのが上手くなった。うまだけに。うまく。

……ええと、とりあえずこれは目に見えて効果があった、と思う。

馬をずっと観察し続けていたわけだし、馬ばっかり一週間描き続けていたんだからまあ、納得の結果ではある。明らかに絵の出来が良くなったし、描く速度も随分速くなった。

なんだろう、馬の特徴が掴めた、っていうかんじだ。馬っていうものをここまで観察してこなかった今までは、馬の脚の関節の具合とか、蹄のかんじとか、なんなら顔の形とかも、ぼんやりとしか分かっていなかった。けれど、馬ばっかり描いていたら、そのあたりを暗記できた、っていう感覚、かもしれない。馬の形が頭の中に、より鮮明に正確に、刻まれた。そういうかんじ。

だから、今はさらさら馬が描ける。最小限の線だけで馬を表現できるようになったし、落書きみたいなラフさで馬を描けるようになった。だから、馬のスケッチが益々捗る。馬って、色んなポーズを取ってくれるから、描いていて飽きないんだよ。

嬉しいこと二つ目。

それは、気絶しにくくなったことだ。

何頭も馬を治していたら、治し慣れてきた、のかな。なんと、僕は馬の角一本を治したり、馬の翼二枚を治したりするだけでは気絶しなくなっていた。

……ただ、気絶はしなくてもものすごく疲れるし、そのまま二頭目にとりかかると、やっぱり気絶する。

尤も、最近は気絶しても、馬が僕を支えてくれるから、地面とぶつかることは少ないし、気絶中は馬が寄り添って温めていてくれるので、風邪を引いたりはしていない。ありがたいことだ。

そして、嬉しいこと、三つ目。

……馬が、プレゼントをくれた。


一週間ほど馬を治し続けた後の、ある日の夕方。

馬の治療の後からずっと、馬は泉の辺りを拠点にしてくれているみたいで、家の周りには絶えず馬が居る状態が続いているのだけれど、その時は何故か、いつも以上に馬が居た。全員集合、っていうかんじだ。

「どうしたの？　集会？」

猫は集会所に集まって集会をするっていうよなあ、なんて思いながら外に出てみたら、家の前までやって来ていた馬が、ひひん、と鳴きながら、僕をずいずい鼻面で押す。なんだろうなあ、と思いながら進んでいくと……。

集まっていた天馬と一角獣達が、僕の所に何かを咥えてやってきた。そして僕の目の前に、その何かを置いてはちょっと下がって、代わりに次の馬がやってきて、何かを置いて。

……僕の前に次々に置かれていくのは、天馬の羽と、一角獣の角の欠片だった。羽は一枚抜き取ったのかな。角は治す前の奴が折れた時に出た欠片、だったんだろうか。

羽も角も、それぞれ色が違って、全部綺麗だ。自然のものなのに、それ一つがぽんと置いてあるだけで、美術品みたいに見える。

天馬の羽は真珠みたいな光沢がある白だったり、淡い金色だったり。薄い薔薇色の奴もあった。なんだろう、日だまりの色？　太陽の光の色？　雲の色？　なんだかそういう印象を受ける。

一角獣の角の欠片は、青白い不思議な色だったり、鈍い銀色だったり、はたまた濃紺だったり。

……どれも全部、すごくいい色だ。こっちは空の色かな。星の色かもしれない。

そんな素敵なものを僕の前に置いて、馬達は僕を見つめていた。

「……くれるの？」

訊ねてみると、馬達は特に答えることなく、尻尾を振ったり翼をぱたぱた動かしたりするばかり。

一歩後退してみたら、馬達は鼻面で羽や角の欠片をずいずい押して、僕の方へと動かしてきた。

ということは……うん。

どうやらこれは、彼らからのプレゼントらしい。

ありがたくも頂いたプレゼントに見惚れていると……更にプレゼントが続く。

「うわ」

僕は突然、一角獣の角に掬い上げられて、放り投げられた。宙を舞う感覚に、一瞬遅れて怖くなって……でも、それだけだった。僕は空中で、天馬の背中に着地していたのだ。どうやら、天馬が空中で僕をキャッチしてくれたらしい。……一角獣と打ち合わせ済みだったのかな。

天馬はそのまま僕を乗せて、ぱたぱたと背中の翼を動かしながら、空を上っていく。

「ひゃ、うわ、え、と、飛ぶの？」

なんとなくお尻がむずむずするような感覚がする。高いところに、命綱も無しに、どんどん上がっていくって……結構、その、緊張する！

けれど、緊張気味の僕が馬の首にぎゅっとしがみついていると、周りにも沢山、天馬がぱたぱたやってきて、僕を安心させるように寄ってきたり、万一僕が落ちても大丈夫だよ、と言うようにちょっと下の方で待機していてくれたりするので、僕は幾分安心して、馬に身を預けて空を上る。僕の身長じゃあ届かないような木の葉の間を抜けていって、更に見上げるような大木の枝を通り過ぎて、天幕のような葉の、更に上に出て。

……そして、ぱっ、と明るくなる。

森の木々に遮られない夕陽が、眩しく僕らを照らす。

遮るものなく空の下……いや、空の中。僕らは、空の中に、浮かんでいる。

「……綺麗だ」

思わず、声が出た。杏色に傾く太陽と、虹色のグラデーションに染まった空。夕陽の反対側を見てみれば、そちらの空はうっすらと暗く藍色がかっていて、もうじき、星が輝くのだろうな、と思える。

そして……下を見れば、森が見える。僕は、空の中、天馬の背中の上で、この森の全貌を初めて見ることになる。

森はまだまだ続いていて、ずっと遠くの方まで、緑の凹凸をさわさわと揺らしていた。でも、森は永遠じゃないらしい。一応、見える位置で森が途切れている。どうやら、延々と進んでいけば森を脱出することもできそうだ。その先まではよく見えないけれど……もしかしたら、人里もあるのかもしれない。

「綺麗だね」

……空から見る風景というのは、すごく新鮮だった。遮るものの無い空の広大さも、暮れなずむ空の繊細な色も、地上に広がっている森の壮大さも、何もかもが、絵に描いたように美しかった。

それに、この森の終わりも分かって……まあ、一歩前進、といったところ、なのかな。

……まあ、一歩前進、の部分は置いておくとしても……綺麗だなあ。只々、綺麗だ。

これは、随分と素敵なプレゼントを貰ってしまった。

天馬は森の上をくるりと一回りして、元の場所に戻ってくれた。

「ありがとう。すごく楽しかった」

乗せてもらったお礼をしながら、そうだ、今度はお礼に人参を用意しておこうかな、なんて思う。

それとも、馬に人参っていうのは安直に過ぎるか。もっと馬が好きな食べ物って何だろう。僕、あまり馬のことは知らないから……。

「よく分からないから、とりあえず色々用意してみたよ」

ということで、翌朝。僕は、人参やリンゴ、セロリやほうれん草、とうもろこしにトマト……と、色々用意してみた。

それぞれ、木箱に入った状態で出した。それぞれ一山ずつ出してみたのだけれど、そんなには疲れなかったから、馬トレーニングの結果は確実に出ているみたいだ。

馬達は、ひひん、と鳴きながら、早速、食べ物をもそもそ食べ始める。……人参もだけれど、リンゴも好きみたいだ。けれど、ほうれん草はどうやら嫌いらしい。全然食べない。トマトは、完熟しているものは少しだけ食べるみたいだけれど、ちょっと硬めのは全然食べない。なんだろう。体に悪いのかも。

……ということで、人参とリンゴ、柔らかそうな草、その他果物類……なんかを出すことにした。いや、そこらへんの果樹から果物を取って食べている馬が結構居たから、もしかして果物の方が好きなのか、と思って出してみたら、そっちも結構好評だった。

成程。これからは馬へのお礼は人参やセロリ、果物類なんかにしよう。何事も勉強だね。

「そうだ。折角だし、プレゼントのお礼に、鬣、梳(と)かそうか」

それから、もう一つ。折角だから、彼らの身繕(みづくろ)いを手伝ってみることにした。

大きな櫛(くし)を描いて出して、それで馬の鬣を梳く。

櫛を通している間、馬は何となく気持ちよさそうにしていた。そういえば馬って、自分の背中とか首の後ろ、掻けないんだっけ。……想像したら痒くなってきた。馬って大変だな。

「折角だし洗う？」

見ると泥汚れなんかもあるみたいだし、折角だし今日はこのまま馬の洗濯でもしようかな。綺麗な馬なんだから、綺麗にしておきたい。それに、馬に触っていれば馬の形状を理解するのにも役立つだろうし、そうしたらもっと速くもっと正確に馬が描けるようになるだろうし。……それにやっぱり、馬が懐っこく擦り寄ってきてくれるのは、嬉しい。馬、綺麗だし、可愛いなあ。

……そうして僕は馬の水浴びを手伝うことになった。馬は案外喜んでくれたみたいで、洗い終わった馬は泉の周りでなんとなく楽しそうに駆けまわっていたり、尻尾をフラフラさせながら座り込んで眠っていたり。洗われる順番待ちをしている馬は、僕を鼻でつつき回したり、待ちきれない様子で水辺のはしっこでバシャバシャやっていたり。うん、まあ、僕にすっかり慣れてくれたみたいでよかった。これでたっぷり観察してたっぷり描ける。

……そうして僕は、随分と馬と仲良くなれた。幸福なことに。

それからも時々、馬が怪我をした馬を新規で連れてきてくれて、その馬を治したらその馬も僕に慣れて……気づけば、泉はすっかり馬の集会所になっていたし、馬と一緒に泉に入るのが僕の日課になっていた。

そんな、ある日。

「ちょっと待っててね。着替えるから」

その日も馬を洗うために、僕はまず着替えることにした。鳥がくれた、白い薄手の長い服。あれが『濡れてもいい服』なので、馬の水浴びの時にはそっちに着替えることにしている。

「お待たせ。誰からにする？」

着替えて泉に出て呼びかけると、馬はお行儀よく、順番に並んで泉の中に入ってくる。彼らは彼らの中で相談して、水浴びの順番を決めているらしい。やっぱりこの馬達、賢いなあ。

賢い馬達は綺麗好きでもあるので、しっかり洗う。……いや、本当に綺麗好きなんだよ、この馬達。集会所とトイレは別にしているらしくて、僕は馬達のトイレの現場を見たことが無いし、物を食べる時にもお行儀よく綺麗に食べるし、こうして水浴びをして綺麗にしているし……。

……ということで、いつものように馬と一緒に泉に入っていたら、急に、馬達が騒がしくなった。

「どうしたの？」

聞いてみても、馬は落ち着かない。歩き回ったり、嘶いたり。あと、やたらと僕の周りに寄ってきた。なんだなんだ。

一体どうしたんだろう、と思っていたら……理由はすぐに分かった。

「な、なんだ、ここは……？　ペガサスとユニコーンが、こんなに……」

馬達の向こうに、人が見えた。

……人だ。

僕はこの世界で初めて、人間に出会った。

＊密猟者

人間だ。男性。背は僕より高いし、僕よりがっしりしている。年齢は二十代、だろうか。

白いシャツに臙脂のクロスタイ、同じ色のベストに黒い細身のズボン、それからブーツ。耳と手首とタイの結び目とに赤い宝石の付いた金の飾りがある。

そして、濃い色の赤毛に……緋色の瞳だ。

……ちょっと現実離れした容姿のその人は、僕と馬とを見て、ぽかんとしていた。

そうか、天馬も一角獣も、この人に怯えていたのか。

……それで、僕を囲んでとりあえず『守った』のかな。うん、確かにこの中だと僕が一番弱そうだよ。分かってるよ。

「お、おお……？」

やってきた人は、僕を見て、泉の方へ近づいてきた。これに天馬も一角獣も警戒して、天馬は翼を広げて、一角獣は角をその人に向ける。

「おわっ、ちょ、ちょっと待て！　な、攻撃の意思は無い！　無いからな？　ええっと……」

流石にこれ以上近づいたら危ない、ということは分かったらしく、その人はその場で立ち止まって……そこから、馬を見て、僕を見て……僕に向かって声をかけてきた。

「あなたはこの泉の精霊か⁉」

……うん。

「違います」

違います！

「え⁉　何だって⁉」

「違います！」

ばさばさばさ。天馬達が一斉に羽を動かして音を立てる。

「ちょ、ちょっと聞こえな……！　もう一回！　もう一回頼む！」

「違います！　僕、ええと、精霊？　っていうのじゃないです！　多分！」

今度は一角獣が歩いていって、赤毛の人を角で小突き始めた。

「あ、くそ、おい、俺は悪い奴じゃないって！　つつくなつつくな！　悪かったから！　お前らの家に踏み込んだのは本当に悪かったから！　すみませんね！　精霊様！　すぐ出て行きますから！」

「だ、だから違います！　待って！　待ってください！」

とりあえず、馬達をちょっと無理矢理掻き分けて、なんとか泉から出て誤解を解いた。僕は人間です。

「え⁉　あ……え？　精霊、様……？」

「人間です！」

……やっと誤解が解けた、と思う。ぽかんとした赤毛の人と、馬を掻き分けて疲れた僕。相変わらず落ち着きのない馬達……。

なんというか、凄く、疲れた。

「そ、そうか。人間、かぁ……。いや、女かな？　と思ったけど男に見えたし、けれどその割にはユニコーンがよく懐いてるように見えたから……てっきり『これが精霊か！』と思っちまったんだ。悪かったな」

僕が誤解を解いてからもずっと、周りに天馬と一角獣がくっついてくる。だから、中々落ち着いて話ができない。赤毛の人とは常に馬二頭分ぐらいの距離を取って話す破目になってる。

……もしかして馬達は知らない人が怖いのだろうか。人見知りしてるのだろうか。そう考えると少しかわいい。落ち着かなげな彼らの首のあたりを撫でてやることにした。すると、馬は翼で僕を包もうとしたり、赤毛の人に角を向けたりし始める。……あ、違うな、これ。馬は怖がってるんじゃなくて、僕が怖がってると思って僕を守ろうとしてるんだな……。

「いや、びっくりしたぜ。精霊がペガサスとユニコーンと一緒に水浴びしてる泉、なんて、絶対に聖域だからな。うっかり道に迷って聖域に入り込んじまってたのかと思って焦った！」

……聖域、って、何だろうか。ついでに精霊って、何だろう。ちょっとこの世界のことはよく分からない。馬と仲がいい奴のことを精霊と言うんだろうか。いや、多分違う気がする。もっとすごい勘違いをされていた気がする。

「まあよかったよかった。もし精霊だったら俺、殺されてたかもしれねえしな。はははは」

精霊っていうのはどうやら、人を殺すかもしれないものらしい。物騒だな。僕、そんなことしない。というか、この世界にはそんな物騒なものが沢山いるの？　ちょっと怖いんだけれど。……本当にここ、異世界なんだなあ。

「ああ、そうだ。名乗り忘れてたな。俺はフェイ・ブラード・レッドガルド。レッドガルド家の次男坊だ。よろしくな」

……そしてなんというか、彼の名乗りを聞いて、僕は改めて、思った。

ここ、異世界なんだなあ……。

「で、そっちの名前を聞いてもいいか？」

レッドガルドさんにそう聞かれたので、僕は……一瞬悩んだけれど、素直に答えることにした。

「上空桐吾。多分、異世界から来た」

「……異世界から？」

「うん。多分……」

異世界、だよなあ、と思う。だって、羽や角が生えた馬が居るし、鳥は三メートルぐらいあって僕を攫って巣に持ち帰るし、大体、絵に描いた餅が餅になるし……どう考えても、僕の元居た世界ではないよね、ここ。

ということは、僕、異世界人、っていうことになるんだよなあ、と思いつつ、そう、言ってみたところ……。

「そ、そりゃあ……すげえ」

レッドガルドさんは嬉しそうな顔、というか、好奇心の塊みたいな顔で、僕に詰め寄ってくる。

「噂に聞いたことはあったんだ。時々、別の世界から迷い込んでくる奴が居る、って。でもそんなの、ただの御伽噺だと思ってた」

そして、彼は満面の笑みを浮かべて、僕の手を握った。

「異世界人のお客人よ！　ようこそ、この世界へ！　お会いできて光栄だ！」

……それを見て僕は、『ああ、この人は善い人だな』と思った。

根拠はない。多分、こういう風に人を信用してしまうのって、本当はよくない。けれど、なんとなく。彼の好奇心いっぱいの表情が、ちょっと……先生に似ていたから。

「他所にも土地も森も沢山あるけど、その中でも我らがレッドガルド領の森にやってきてくれて、ありがとうな！」

……あと、この人が悪い人だと、僕、大変なことになるんじゃないかな。

この人、この森の権利者っぽいし……つまり僕、この人の家の土地に無断で滞在してることになるし……。


それからしばらく、僕は質問攻めに遭った。

僕が居た世界はどんなところだった、とか。この泉の周りに生えている果物はどうしてこんなに美味いんだ、とか。どうやってペガサスとユニコーン（どうやら天馬と一角獣のことらしい）を手懐けたんだ、とか。

……そこら辺を説明する過程で、なんかもう隠すことはできない気がしたので、『絵に描いたものを実体化できる』っていう話はしてしまった。するとレッドガルドさんはこれまた目を輝かせて喜んで、『絵を実体化させる』ことについても質問攻めにして来たけれど……正直、こっちは僕自身もよく分かってないから答えられないことが多かった。

それでもレッドガルドさんは特に気にしていないらしく、ただ好奇心の塊みたいな、緋色に輝く目で僕を見つめては、次々に色んな質問をして、僕が答える度に感嘆したり、笑ったり、実に表情豊かに反応してくれた。

……そしてレッドガルドさんは、質問攻めの途中で、この世界のことについても少し教えてくれた。

どうやらここはやっぱり、異世界らしい。うん、まあ、これは知ってたけれど。

そしてここは、レッドガルド家が治める土地の一角だそうだ。うん、これも何となく知ってた。

「まあ、ここら一帯の土地は貧乏くじみたいなもんさ。ほどほどに王都に近くてほどほどに面積も広いが……何と言っても、領地のほとんどは未開の森だ。しかも、領地のど真ん中に森があるようなもんだからな。実質、レッドガルド領は森の周りの細いわっかの部分だけなんだよなあ」

それは……なんというか、日本人としては思うところがある。日本もなんか、こう……本州のど真ん中に山脈があるせいで、面積の割に農地が少ない国だから。

ちょっと神妙な気持ちで聞いていると、レッドガルドさんは少し悪戯っぽく笑った。

「そもそもこの森、『精霊のおわす森』っつう話でさ。下手に入ったら精霊の怒りに触れるから、ってことで、開墾はできないんだ。何なら、人間が不用意にずかずか入り込むことだって、嫌がられるかもしれない。ここはそういう森だってずっと言われてる。……ま、だから俺もお前も、ヤバいかもな？」

……えっ。

……この森は精霊の森、で、精霊は、森に人間が入ると、怒る……？　ということは、僕は……もう、怒られている……？

僕がしばらく固まっていたら……レッドガルドさんはやがて、耐えきれなくなったように噴き出した。

「っはははは、冗談冗談！　大丈夫だって！　いや、悪い悪い。冗談だからそんな顔するなよ」

彼の様子を見るに、どうやら僕はからかわれたらしい。

……こっちは異世界人だから、この世界のことなんて分からない。冗談なのか本当なのかも判別がつかないから、あんまりからかわないでほしい……。

「……本当に？」

「さあな。精霊様がどうお考えになるかは分からねえ。ま、俺が駄目でも、お前は大丈夫だろうな。ユニコーンにもペガサスにも、こんなに懐かれてるぐらいだし」

それ、本当に大丈夫なんだろうか？　僕は未だに『精霊』っていうものが何なのか、よく分かっていないのだけれど……何となく、日本でいうところの『山の神様』みたいなものかな、という気がする。となると、その怒りに触れるって、まあ……あんまり良くないんじゃないだろうか。

僕の場合は、この森の中に入ってしまったのは……まあ、不可抗力みたいなものだ。気づいたらここに居たんだから、しょうがない。それは許してもらいたい。

でも、レッドガルドさんは多分、ここに自ら来た、んだよな。

「……その、あなたはどうしてここへ？　あんまり入りたくない森だっていうことは、本当なんでしょう？」

僕は気になって聞いてみた。

この世界の人達は、『精霊』……つまり、僕の感覚で言うところの『山の神様』みたいなものを信じていて、畏れるあまり、邪魔な森をそのままにしておくような人達、らしい。

なら、そんな人が、理由も無くわざわざ、『精霊が怒るかもしれない』のに森の中へ入ってくる理由が分からない。

「んー……まあ、そうなんだが、そうも言ってられねえ事態になっちまってな」

僕が訊ねると、レッドガルドさんは眉を八の字、口をへの字にして首の後ろをぽりぽり掻いて
……それから、そっと、答えた。

「この森に、密猟者が入ってるらしい。俺はそいつらを探しに来た」

「……密猟者？」

「そうだ。……どうやら連中、ペガサスの羽やユニコーンの角を狙っているらしい」

そこで僕は、はっとした。だって、馬達は皆、怪我をしていた。切り傷のような、どう考えても自然にできたわけじゃないだろう傷も多かったし……翼が切り取られたり、角が折り取られている馬も居た。

＊密猟者

「……心当たりがありそうだな？」

そんな僕を見て、レッドガルドさんは少しだけ視線を鋭くした。……この人、悪い人じゃないし、むしろきっと善い人だけれど、少し怖い人だ。

「何か知ってたら教えてくれ。少しでも手掛かりが欲しい」

僕が何を言えばいいか困ったのを見てか、レッドガルドさんは少し表情を和らげて、そう言ってくれる。それに促されるようにして、僕はなんとか、答える。

「……密猟者自体に、じゃあ、ないけれど。怪我をした馬が、居たから」

僕がそう答えると、レッドガルドさんは途端に納得がいったような顔になって頷いた。

「成程な。そっか。こんだけ仲良しなんだもんな。怪我したところも見せに来るか。……うーん、本当に信頼されてるんだなあ、お前」

僕、馬達とはそんなに深い付き合いじゃないけれど……。ええと。

「あの、僕がその密猟者だ、って、思わなかった？」

「は？　ああ、まあ、うん。……いや、まあ、お前を疑う気は無いね。密猟者には見えねえもん。細っこいし、体力無さそうだし。密猟やる気力なんて無さそうだし……」

「ええと……うん……」

素直に頷きたくないような言葉だったけれど、絶対にそう見えるだろうな、というのは分かるので頷いた。そうだよ。僕はどうせ細っこくて体力なくて気力もないよ。

「なんか お前、血とか争いとか、苦手そうだもんな」

「……うん」

　こっちは素直に頷いた。そういうの、苦手だ。痛そうな怪我の人とかを見ると、自分まで痛くなってくるっていうか……。

「大体、これだけペガサスもユニコーンも懐いてるんだ。疑う余地はねえよ。お前が密猟者だったら、気難しいはずのこいつらが懐く訳がねえ。お前がいい奴だって分かってるから、こいつらも懐いてるんだろうし」

「そうかな」

「ん。そうだろ。……え？　それともお前、こいつら虐めてんの？」

　虐めないけど。虐めないけど……うん。

　もし、馬達が僕のことを『いい奴』だと思って僕に懐いてくれているのなら、嬉しいな。うん。すごく、嬉しい。

「あー……しっかし、どうするかな。手がかりが何もねえ」

　そしてレッドガルドさんは、そう言ってぐったりとため息を吐いた。どうやら相当参ってるらしい。

「ここにユニコーンやペガサスがこんだけ集まってるんだから、密猟し放題なのは分かるんだけどな。でも、実際の犯行現場を押さえる、ってなると難しい」

　うん。それはそうだと思う。だって、密猟者、っていうのだってバカじゃないんだろうし。隠れて何かやるくらいはするだろうし。決まった時間決まった場所に出てくるようなもんでもないんだろうし。

「……しかも暗くなってきやがったし」

*密猟者

それに、そろそろ夕暮れだ。森の中を歩くのは少し難しい明るさになる。

「大体俺、ここまで道に迷ってきてるわけだし」

うん。それは知らないけど。

でも確かに、そうか。僕が天馬に乗せてもらって森を上空から見た限りでは、ここ、相当に森の奥の方みたいだし、『精霊を畏れる』人がこんな奥にまでは来ないよね。道に迷いでもしない限り。

「……ってことで、だ」

レッドガルドさんは、僕に向かって、勢いよく頭を下げた。

「ここで出会ったのも何かの縁！　ってことで、ちょっと一晩、泊めてくれねえか？　頼む！」

……うーん、断れない。


結局その日、僕は初めて、他人を家に上げることになった。

物珍しいらしく、レッドガルドさんは家の中をきょろきょろと見回していたけれど、下品な人ではなかったからか、嫌な気持ちにはならなかった。

「どうぞ」

「いや、ベッドまで借りるわけにはいかねえって！　急に押し掛けた身分だし！　雨風さえ凌がせてもらえりゃそれでいい！」

……それに、ほら。この人はこの森に棲んでいる馬達を助けてくれるかもしれない人だし。馬達の代わりに親切にしておいてもいいよね、と思う。あと、単純に、初めてのお客さんを床で寝かすのは、なんかちょっと。

　と、いうことで……僕は、その場でざっくり、絵を描く。

　描くのは、ソファーだ。あと、ブランケット。絵の具が使えるようになってから、面をむらなく塗るのが格段に速くなった。鉛筆一本だとどうしても、面を塗るのに時間が掛かる。

　その点、ソファーみたいな人工物を描く時は、絵の具があると大助かりだ。

　僕は先生の家にあったソファーを思い出しながら、さくさく絵を描いていって……ふるふる、で、きゅ、で、ぽん。

「おおお……すげぇ、本当に出てきた……」

「どうぞ」

ベッドは辞退されたので、レッドガルドさんにはできたてほやほやのソファーを提供することにした。彼は僕よりも身長が高いし、僕よりちゃんとした……がっしりした体形だ。だから、そんな彼でもゆったり使えるような大きさのソファーにしてしまったので……うん、少し、家が狭くなった。まあいいか。

「おお……お邪魔します」

レッドガルドさんはできたてソファーをつんつん、とつついてから、恐る恐る、といった様子でソファーの上に乗る。ぎし、とソファーが軋む音に身を固くしつつ、ソファーの上に寝っ転がって……。

「……ソファーだ!」

「うん。ソファーです……」

＊密猟者

なんか、あんまりな感想を頂いた。そうだよ。ソファーだよ。

僕がちょっと微妙な気持ちになる中、レッドガルドさんは、『ほぇー』みたいな声と共に目を輝かせつつソファーの感触を味わっている。

……確かに、絵に描いたものが実体化するのを初めて見た人の感想って、こうなるのかもしれない。そうだった。僕、絵に描いたものが実体化するのに大分慣れてしまっていた……。

「それにしても、こんな魔法、見た事ねえな。これ、どこで覚えたんだ？」

やがて、絵に描いたソファーを味わったレッドガルドさんは体を起こして、更に目を輝かせてそう、聞いてきた。

「うーん……分からない。そもそもこれ、魔法……なんだろうか」

絵に描いたものが実体化することについては、むしろ僕が聞きたい。分からないことだらけなんだよ、これ。

「いや、まあ、魔法、なんだろうけどよ……お前、これ以外使える魔法は？」

「無い」

「ええと、火を熾すとか水を出すとか、その程度はできるだろ？」

「できない……」

僕が答えると、レッドガルドさんは、まじかあ、なんて声を上げる。いや、そんなこと言われてもさ。魔法、なんて、初めて聞いたんだよ、僕は。まあ、絵に描いた餅が餅になる時点で大分ファンタジーな世界だなあ、とは思っていたけれどさ……。

「……えっ、あの、この世界の人は、何も無くても、火を熾したり、水を出したり、できる、んだろうか」

そしてものすごく気になる事を聞いてしまった気がするので、詳しく聞く。

「え？　まあ、できない奴の方が珍しいよな。よっぽど変わった魔力の持ち主だと、そういう基礎的な生活の魔法も使えねえ、って奴、居るらしいけど……」

……な、なんてこった！

つまり、僕、その『基礎的な』ことができていれば……泉なんて描かなくても、水彩画、できたんじゃないだろうか！

「お、おーい？　どうした？　なんか落ち込んでるか？」

……一生懸命水の入ったコップを描いたり、泉を描いて気絶したりしていたことをちょっと虚しく思いつつ、でも、泉が無かったら鳥も馬も来てくれなかっただろうな、と思い直すことにした。

うん。人生万事塞翁が馬、だよね。

魔法、というものについてもっと聞きたかったのだけれど、レッドガルドさんも疲れているだろうし、僕も少し眠くなってきてしまったので、その日はもう寝ることにした。

のだけれど……他人が家の中に居るのって、予想以上に落ち着かない。

何なら、レッドガルドさんよりも僕の方が落ち着いてない。彼はもう寝付いているのに、僕は何となく眠れずにゴロゴロしている。……駄目だ。眠れない。そして、眠れない時には絵を描くに限る。何を描こうかな。描きたいものは……。

「人物デッサン……」

……いや、止めておこう。人物デッサンにはちょっと惹かれるものがあるけれど、流石に、寝ている人を勝手に描くのは、ちょっと。

レッドガルドさんはなんというか、描いていて楽しいだろうな、とは思う。男の僕から見ても整った容姿だし、髪や目の色が綺麗だし、何より、表情がいい人だ。うん。描いたらきっと楽しい。

……けれど、寝込みを描くのは、駄目だろう。多分。流石に。モデルの許可を貰ってから描こう。そうしよう。

ということで、人参にしておこう。馬達が好きみたいだから。

僕はランプに火を入れて（マッチも描いたら出てきた。便利だ）、その光と窓から射し込む月明かりを頼りに、人参を描き始める。

……人参を描いていたら、ふと、馬のことが気になったので、ちら、と窓の外を見てみる。すると、馬達は家の周りを警戒するように歩き回っていたり、家の傍で寝ていたりと、警戒態勢を敷いていた。

多分、僕がレッドガルドさんにいじめられていないか心配してくれているんだろうなあ、と思うのだけれど、多分、大丈夫だよ。レッドガルドさん、寝てるし……。

……むしろ僕より、馬達の方が危険かもしれないよ。

「密猟者、か……」

どうやら、この世界にも密猟者、というものが居るらしいから。

まあ、当たり前と言えば当たり前のことなのかもしれないけれど、この世界にも密猟者なるものが居て、そいつらが、馬達を傷つけている、らしい。

天馬の羽も、一角獣の角も、綺麗だ。だから、欲しくなる気持ちは分かるよ。密猟で、無理矢理取っていってしまえ、ってなる気持ちも、分からないでもない。

でも……正しくはない、とは、思う。特に僕は、馬を撫でたり治したり、馬に擦り寄られたり乗せられたりした後だから。思い入れがあるから、彼らを傷つけてほしくは無いな、と、思う。

……解決すればいいな。この問題。


朝になった。人参が山ほどできた。人参の山を見たレッドガルドさんが驚いていた。うん、僕も驚いた。なんで僕は徹夜で人参を増やし続けていたんだろうか。分からない。

まあいいや。できちゃったものは仕方ない。僕は「朝ごはんだよ」と呼びかけながら外に出て、馬に人参を配って歩いた。……人参は好評だった。美味しかったなら何よりです。

「あ、これ美味いな。人参ばっかりこんなにどうするんだって思ったけど……まあ、食って不味い訳でもねえか」

そして僕らの朝食も人参になった。

レッドガルドさんは人参を生のままボリボリ食べている。僕はそのまま齧る勇気はなかったから、ナイフで適当に細く切って、それをポリポリ食べている。

ちなみに調味料は塩。こういう時、マヨネーズとかあるといいのかな、っていう気がしたけれど、マヨネーズを今の眠たい僕が描いたら白い絵の具になることは間違いない気がしたのでやめた。

「それにしても、いい天気だな。こりゃ、精霊様も俺達にお怒りじゃあなさそうだ」

レッドガルドさんは人参を齧りながら、窓の外を見て明るく笑う。

今日は快晴。いい天気だ。……でもこれ『精霊』っていうのが怒ったら、嵐とかになるんだろうか？

「あの、聞いてもいい？」

「ん？　おう。どうぞ」

気になったし、これは聞いておかないといけないだろうなあ、と思ったので、いい加減聞いてみることにした。

「精霊って、何？」

レッドガルドさんは悩んで、悩んで、それから、説明しながら悩むことに決めたらしい。とりあえず思いついた言葉を口に出してくれた。

「うーん……そうだなあ、まあ、人間よりも魔法に近い生き物？　いや、生き物なのか……？」

最初から僕には理解できなかった。異文化の壁を感じる。

「ええと、精霊ってのはだな、森だったり、泉だったり、そういう所に住んでてだな……何なら、森や泉の化身だったりもするらしいんだが、まあ、とりあえずその辺り一帯を守っている、らしい。それから、人間なんかよりずっと多くの魔力を持っているんだと」

魔力って何、とは聞かないでおこう。多分、何かのパワーだ。多分。それは何となく雰囲気で分かるからいいや。

「大体の精霊は人間嫌いだな。けれど、気に入った人間が居れば助けてくれるらしい。御伽噺の勇者とかは大体、高位の精霊に気に入られて力を授けられる奴だしな。……まあ、人間より力の強い、人間とは違う、それでいてちょいと気まぐれな誰か、ってところか？」

そっか。大体そこらへんに落ち着くのか。ということはやっぱり、日本での『山の神様』に近い何かなのかな。自然信仰の一つの形、なのかも。いや、この世界には魔法だ何だがあるらしいから、本当にそういう『精霊』が居てもおかしくはないけれど……。

「あ、そうだ。あと、精霊ってのは綺麗な姿をしてるんだって話だぜ。御伽噺の精霊様も美男美女揃いだしな。……まあ、実物見た事ねえから、実際がどうなのかは分かんねえけど」

「ええ……」

……そういうのに僕、間違われたの？　なんか……どういう顔したらいいんだ、僕は。

『どういう顔したらいいんだ』という顔をしていたからか、レッドガルドさんは気づいて、苦笑いしながら補足してくれた。

「それに、お前はなんかな？　こう……うん。ペガサスとユニコーンに囲まれてにこにこしながら水浴びしてる人間、なんつう光景見たら、そりゃ、精霊だと思うだろ。あんまりにも現実離れしてたぜ、あの光景」

ああ、うん、そう……。いや、でも、ここの馬がおかしいのであって、僕がおかしい訳じゃないから……。

それから小一時間後。

「世話になったな！　ありがとう！」

人参と果物の朝食の後、レッドガルドさんは出ていくことになった。また密猟者探し、頑張るらしい。

「絶対に密猟者を見つけてボコボコにしてやるぜ！　もうここの馬達に手出しはさせねぇからな！」

「うん。頑張って」

笑顔で去っていくレッドガルドさんを見送って、僕は、彼の派手な色の頭が木々の向こうに見えなくなるまで、のんびり手を振って見送った。

……ちょっと騒がしいお客さんだったけれど、嫌な人じゃなかったし、その、ちょっと楽しかったな。久しぶりに人と会話した気がする。また来てくれたら、ちょっと嬉しい。

さて。

馬達はすっかり人参が気に入ったらしい。鼻で僕をつついては人参を催促してくる。僕は今日も馬達のお世話係だ。……あと、鳥の。

鳥は今日も来た。ちょっと時間をずらしてきたのは、レッドガルドさんが居たから警戒していたのかな。まあとにかく、今日もこの巨大なコマツグミは元気にやってきて……泉を占領している。

うん、いいよ、別に。好きなだけ水浴びしていって。

ただ、今日はその巨大な鳥は……僕に何かを持ってきた、らしい。

僕が水浴びを始めるや否や、鳥は僕をつついて……くちばしに咥えたものを、押し付けてきた。

「え？　え？　な、何？　これ」

それは、紙……だった。のだけれど……。

「読めない」

鳥が持ってきてくれた紙を頑張って眺めていたのだけれど、読めなかった。だってこの文字、僕が知ってるどの文字とも違うし。

どうやら異世界の文字で書いてあるらしいそれは、残念ながら僕が読めない代物だったのだ。唯一分かることがあるとすれば……ええと、多分、これ、何かの証文、じゃないのかな。判子みたいなものが捺してあるし、拇印みたいなのもあるし。ただ……それ以上のことは何も分からない。なので、うん、鳥には悪いけれど、これはちょっとしまい込ませてもらうね。

……けれど、鳥としてはそれで満足したらしい。僕が紙をポケットの中に入れたのを見て、キュン、と機嫌良さそうに鳴いた。

それから僕は、ベッドの上でごろごろのんびりしていた。ここ最近、ずっと馬を治すために気絶し続ける毎日だったから、今日くらいは物を描かない方がいいかもしれない。

けれど、絵を描かずにいたらそれはそれでむずむずしてくるので、やっぱり何か描こうかな、と、スケッチブックと画材一式を持って外に出る。近場をぶらぶらして、気に入ったものがあったら描こうかな、と思って。

うーん、出発前にレッドガルドさんを描かせてもらうべきだっただろうか。人物デッサン、惜しかったな……。

と、そんなことを思っていた時だった。

ひひん、と、馬が鳴きながら、僕の所に寄ってくる。

「どうしたの？　お腹空いた？」

馬は僕の言葉になんか構わず、鼻面で僕をぐいぐい押していく。

「え？　え？」

僕はぐいぐいやられるがままに家の前から泉の横を通り抜けて、それから……広いところに出た途端、僕は一角獣の角に掬い上げられて、そのまま天馬の背中に乗せられていた。

「……え？」

これは一体どういうことだろう、と思ったのも束の間。天馬は僕を乗せたまま、森の中を駆けだしてしまったのだ。

天馬は速かった。

森の中を、すいすい進んでいく。木の間をすり抜けるようにして、スピードを落とさずに走る。

しかも時々、飛ぶ。

どんどん後方に流れ去っていく森の木々を見ながら、僕は……ひたすら頑張って、天馬にしがみつくことしかできない。これ、振り落とされたら絶対に死んでしまう！

天馬はそんな僕にはお構いなしで、どんどん走っていく。

……そういえば、急いでいるようだけれど、飛びはしないんだな、とか、これどこに向かっているんだろう、とか、これだけ急ぐんだから何かあったのかな、とか、色々考えながら、僕はただ、天馬に運ばれ続けたのだった。

天馬に運ばれ続けて十分くらい。僕を乗せた天馬は、ようやく止まった。そして、そこから先は、まるで気配を消しながら進むかのように、ゆっくりと、ゆっくりと進む。

やがて、木々の向こうから声のようなものが聞こえ始める。少し開けた場所が見えるようになってくる。

「ここは……」

そして僕は、そこにあった光景を見て、出かかった言葉を引っ込める。

……そこにあったのは、二頭の天馬を取り囲んで、十数名の人達が……天馬の翼を、切り落としにかかっている光景だった。

天馬の苦しそうな嘶きが響く。それに、下卑た笑い声や怒号が続く。それから、肉を切る音も。血が噴き出る音も。天馬が暴れる音がずっと聞こえている。

……あんまりにもあんまりな光景を前に、僕は、動けなかった。

指の先が冷たい。凍ってしまったように動かない。凄惨な光景を見ながら、何も……何も、できない。

飛び散る血しぶきの赤が、いやに目に焼き付く。天馬の嘶きが、ずっと耳に木霊する。それから、天馬の翼を生きたままに切り落とす、残忍な人達の声が……のこぎりのような刃物のぎらつく様子が……そして切り落とされた翼が落ちる重い音が……何もかもが、僕の体を縛り上げていくようだった。

「とっ捕まりそうになった時にはどうしようかと思ったけどな。結果だけ見りゃあ、今日も上々だ」

「二頭分、二対の翼！　羽もきっちり残ったままだ！　高く売れるだろうな！」

笑い合う密猟者達と、嘶く天馬達。

彼らを眺めながら、しばらく、その場に居ただろうか。密猟者達の手は遂に、天馬のもう片方の翼を切り落としにかかっている。

天馬はぐったりとしながらも、それでも懸命に踠いていた。けれど、片方しかない翼じゃ、飛んで逃げることもできない。

……そんな時だった。

僕を乗せた天馬が、身を屈めてから僕を振り落とした。

僕は地面にころりと転がって、特に怪我も無かった。つまり、その程度の優しい落とし方だったっていうことだ。どうしたんだろう、と僕が考えるより先に、僕を乗せてここまで来た天馬は、真っ直ぐ歩いていった。

駄目だよ、と、言うこともできなかった。咄嗟に声なんて出てこなくて、ただ、息が漏れただけ。

中途半端に伸ばした手は馬の尻尾にも届かない。

天馬は真っ直ぐ、真っ直ぐ、他の天馬の翼が切り落とされている方に向かって行くのだ。

……ここでやっと、僕は考える。『どうしてだろう』と。

どうしてわざわざ、自分を傷つける人達の所へ行く？　どうして僕をここに振り落としていった？

どうして、僕をここへ連れてきた？

考えるまでもない。

天馬が僕をここに連れてきたのは、僕に助けを求めたからだ。

歩いて行った天馬は、密猟者達にすぐ見つかった。密猟者達はこれを喜んで、早速、天馬を捕まえにかかる。

……天馬が追いかけられているのを見て、僕は……鞄を探る。

取り出すのは画材一式。鉛筆と絵の具と筆と、スケッチブック。それから、瓶に詰めてきた水。

天馬はひらひらと飛び回っていたけれど、逃げ去ってしまおうとはしない。翼を切られた仲間を気にしながら、密猟者達の意識を引き付けようとするかのように。

僕は茂みの中で息を潜めながら、早速、スケッチブックに鉛筆を走らせ始めた。

描いていくのは、長いロープ。長いロープが密猟者達を縛り上げている様子。

天馬の羽だって治せた。一角獣の角だって治せた。そして、彼らの傷に包帯を巻いたことはある。

……なら、密猟者に縄を巻いてやることだって、できるだろう。

遠くから見て描く人間の姿は、まあ、雑だ。でもこれでいい。馬だって割と雑でもなんとかなった。今は一秒だって惜しい。抜ける手は全部抜いてやる。

＊密猟者

……そうこうしている間に、密猟者がついに、天馬を捕まえた。

僕を乗せてここまでやってきた天馬は地面に引きずり下ろされて、押さえつけられる。そして、天馬の翼に、のこぎりのような刃物があてられて……動き出した。

嫌な音。嫌な悲鳴。嫌な笑い声。

そういう音は全部、何も聞かないようにした。耳から入ってくる情報は全部排除して、ただ、目に見えるものを観察しては描き続けた。

天馬が暴れる。血が飛び散る。暴れる天馬の背中に向けて、のこぎりが振り下ろされる。天馬が無意味に傷つく。

……そういう光景を、見て、見てしまいながらも、それでも心は動かさないようにして、手だけを動かして……。


僕は、描き続けた。描くことを、やめなかった。

そうして、密猟者に捕まった天馬達、三頭の翼が全部切り落とされてしまった頃。

……ようやく、僕の絵が完成した。

「なっ」

密猟者達が、転ぶ。

急に体を縛り上げられて、手も足も動かせなくなって、その場に転ぶ。

転ばなかった奴らも他の密猟者と繋がったロープで縛り上げられているんだから、当然、引きずられて転ぶ。

「何が起きた!? こりゃ一体なんだ!?」

「くそ、おい、どうなってる！ 誰かさっさとロープを解け！」

密猟者達が騒ぎ始めたのを見て、僕はさっと動いた。

今度は、体がちゃんと動いた。走って、走って……傷ついた天馬達の傍へ、行くことができた。

僕が近づくと、天馬達は僕を安心させるように尻尾を振ってみせた。ひひん、という鳴き声が弱弱しくて、泣きそうになる。

「もう大丈夫だよ。帰ろう。歩ける？」

僕は天馬達に声をかけると、天馬達が立ち上がるのを見守った。天馬達は気丈にも、ちゃんと立ち上がってくれた。

「ごめんね、治療は少し離れてからにしよう」

天馬達はひひんと鳴いて、弱弱しく、それでもしっかり歩き出した。……これなら大丈夫、かな。

大怪我だけれど、とりあえず、ここを離れた方がいい。申し訳ないけれど、天馬には少し無理してもらって、移動してもらおう。

「おい、てめえ！ 一体何のつもりだ！」

「この縄はてめえの仕業か!? おい！」

密猟者達は明らかに僕に向けて怒声を発している。でも、僕はそれを全部無視して、聞かないようにして……天馬達と一緒に元来た道を引き返した。

できれば家まで戻ってから治療にしたかったのだけれど、天馬の体力が持たなさそうだった。歩き方が弱々しくて、ひひん、とか細く鳴く声が、疲れ切っていた。

最初に捕まっていたらしい天馬は、その体に何か所も何か所も傷があった。……嫌な想像だけれど、もしかしたら、この天馬は悲鳴で他の天馬をおびき寄せるために甚振られていたのかもしれない。血を沢山流したようだし、傷は今も酷く痛むのだろうし……ああ、翼を切り落とされてしまうのって、どんな痛みなんだろう。僕で言うところの、手足を切り落とされてしまうような感覚、なんだろうけれど……少し想像するだけで、辛くなってきてしまう。

「……ここで治すね」

これ以上、天馬に無理はさせられない。後ろを振り返ると、もう密猟者達は見えなかった。……なら、大丈夫、かな。大丈夫だよね。今はとにかく、急がなきゃ。僕はこの場で馬を描くことにした。

傷には包帯。翼があった位置にはちゃんとした翼。ここ一週間、何回も描いてきたものだ。大丈夫。慣れてる。

「……もう少しだから」

天馬を励ましながら筆を動かす。ここ一週間の成果は確実に出ていて、馬一頭を描くのに、三十分くらいで済んだ。

最低限の線と着色で天馬を描き上げて……まずは一頭。天馬の絵がふるふる震えて、きゅ、と縮まって、天馬に向かって飛んでいって……天馬には包帯と翼がくっついていた。その途端、体の中から何かがごっそり抜けていくような感覚があったけれど、それは我慢。

「次、いくね」

それから僕は、次の天馬を描き始めて……ふと、思った。

多分、僕、これを描き上げたら気絶するな、と。

少し、迷った。

天馬は三頭。けれど多分、僕の気絶までの限界は二頭だ。ここ一週間、ずっとそんなかんじだった。

……どうしよう。ここで気絶してしまうと、こう、相当に厄介だと思う。密猟者が追ってくるかはさておき、何もない森の中で気絶するっていうのは……単純に、他の獣に狙われたら死んでしまう。

そして、天馬は二頭とも、酷い怪我だ。僕が途中で気絶すると、一頭の治療はまた後で、ということになってしまう。それはよくない。

僕が気絶するまでに治療できるのは、あと一頭。そして、天馬はあと二頭。

……なら、やってみるしかない。

僕は、画用紙に二頭の天馬を同時に描いていく。あと一頭描いたら気絶しそうなら、気絶するまでに同時に二頭、仕上げてしまえばいいじゃないか、という発想で。

……描いた後で気絶したって、多分、天馬が運んでくれるよ。多分。多分ね。

そもそも僕の気絶より先に、一度に二頭分の絵を描いて、ちゃんと治療が行われるのだろうか？

それは心配だったけれど、しょうがない。もし治療が不完全になってしまったら、帰った後でもう一度描き直そう。

*密猟者

……実体化がうまくいくか心配だったから、一頭目よりは丁寧に描いた。心持ち、だけれど。

そして……多分、その甲斐はあったんだ。

僕が二頭の天馬を同時に描いた途端、絵がいつものようにふるふる震えはじめた。

……そして。

「……やったあ」

僕の目の前で、天馬三頭がそれぞれに、翼をぱたぱた動かしながら尻尾を振った。

天馬達が無事に治ったのを見届けて、僕は意識が遠のいていくのを感じる。

ただ、今までとは少し違う。なんだか、体の中から何かが抜けていくだけじゃなくて……冷たいものが注ぎ込まれている、ような。

ぎゅ、と、胸のあたりが苦しくなる。息ができない。吸い込もうとした息が、胸の奥へ入っていかないようなかんじがする。そうこうしている間にも、どんどん、体からは何かが抜けていって、体はどんどん冷たくなっていく。

馬達が心配して僕にくっついてくるのだけれど、その温かさもよく分からない。意識はどんどん、深くて暗い方へと引きずられていく。

……しかも。

「よお、坊主。さっきは随分とやってくれたじゃねえか」

密猟者達が、追い付いてきた。

縛り上げたのに、とか、ロープより檻の方がよかったかな、とか、色々思うけれど、考えは纏まらない。けれど、そうこうしている間にも密猟者達は僕らへ近づいてきた。

「……ん？　なんだ？　こりゃあ随分と……ペガサスが懐いてるみてえだな」

動けなくなった僕の前に、天馬達が立ちはだかる。密猟者達から僕を守ろうとするみたいに、翼を広げて。

駄目だよ、と言いたいのに、声が出ない。何やってるんだよ、早く逃げろよ、と言ってやりたいけれど、ペガサス達は動こうとしない。

「よく見りゃ、中々小綺麗なガキだな」

「もしかして魔獣使いの類か？　それとも……まあいいか」

密猟者達は、天馬の翼越しに僕を見て、にやりと笑った。

「どちらにせよ、高く売れそうだ。こいつも捕って帰るか」


「てめえら何してやがる！」

けれど、僕へ伸ばされた手は僕へも天馬へも届くことが無くて、その代わり、遠くから聞き覚えのある声が聞こえてきて……。

……そして僕はやっぱり、気絶した。まあ、しょうがない。


目が覚めたらベッドの上だった。

しばらく、なんでここに居るのかとか、ベッドに入る前の記憶は何だったかとか、ぼんやり思い出して……それから、ベッドの側の窓から馬が覗いているのを見て、色々と、急激に思い出した。

「う……」

一気に色々思い出し過ぎて、頭と体が上手く動かなくなる。けれど、何回か呼吸を繰り返して、頭の中を整理していけば、体は動くようになった。

動けるようになってすぐ、慌てて起き上がってベッドから出て、窓に近寄る。すると馬が何頭も何頭も、窓の近くに群れてるのが見えた。

そして、その先頭に居るのは……密猟者に酷いことをされた三頭だ。羽と鬣の色を覚えてるから、多分、間違いないと思う。

「大丈夫だった？」

窓を開けて手を伸ばすと、馬は僕の手に擦り寄ってきた。その背中では翼がぱたぱた動いている。怪我にはちゃんと包帯が巻いてあって、包帯には血が滲んでいるわけでもないから……多分、傷は良くなってきてるんだろう。

「……よかった」

僕はほっとして、それから、ほっとした途端に体の力が抜けた。

床にへたり込んでそこで初めて、そういえば体に力が入らないな、ということに気づく。立っていようにも脚に力が入らなくて、全体的に体が怠くて、変なかんじ。

……あれ？　僕、どれぐらい寝てたんだろうか。

壁を伝いながら部屋を出て、家を出てみたら、そこにレッドガルドさんが居た。レッドガルドさんは家の傍の切株（僕が外での椅子代わりに出したやつ）に腰かけて、ぼんやりしていたのだけれど……僕が出ていくとすぐ、はっとして僕を振り向いて、そして、とても心配そうな顔をする。

「お、おい。お前、大丈夫かよ」

「うん。なんとか」

体に力が入らないような、妙なかんじはあるけれど……逆に言えば、それだけだ。体に力が入らないとは言っても、動けない程じゃない。

「いや、驚いたぜ。密猟者を逃がしちまって追いかけて……そうしたら、密猟者に襲われかけてるお前とペガサス三頭が居て……なあ、本当に大丈夫か？」

レッドガルドさんは不安を吐き出すようにそう言って、それから、僕を眺めて、本当にそこに僕が居ることを確かめていた。大丈夫です。まあ、なんとか。

「あの、僕を運んでくれたのはレッドガルドさん？」

「ん。悪いな。勝手に家の中に運んじまった。いや、ペガサス達に任せておいたら泉で寝かせようとし始めたからさあ……」

それは……運んでもらえてよかった。泉で寝てたら多分僕、風邪を引いていると思う。

「よかった。ありがとう。ところで、密猟者の人達は？」

「あいつらなら護送済みだ。町のムショにぶち込んである」

あ、そうなんだ。よかった。まだあの人達が森に居るんだとしたら、馬が心配だったから。そっか。それなら……。

「……ただなあ」

けれど、レッドガルドさんは渋い顔をした。

「あいつらの罪状は今のところ、『立ち入りを禁止した森への侵入』なんだよ」

「……密猟、じゃなくて？」

「ああ。残念ながら、密猟をやってる現場を見たわけでもねえし、あいつら、どこで知恵つけてきやがったのか、『自分達は密猟なんてしていない、ただ森に入っただけだ』と抜かしやがる。ペガサスの羽もユニコーンの角も、まだ採ってなかったんだろうな。見つからなかったから罪に問えねえ」

……そうか。現行犯で彼らを見つけたのは僕と天馬達だけで、レッドガルドさんが見たのは多分、元気になった天馬三頭と、そこに向かい合う密猟者達、そして特に意味もなく倒れる僕、だったんだもんな。翼はどこかに隠すか捨てるかしてしまえば、本当に……『密猟なんてしていません』が通ってしまう。

そう考えると……僕が何もせずに倒れたことが悔やまれる。

「ま、よかったよ。とりあえずペガサスもお前も無事でさ」

「うん。ありがとう」

とりあえず僕が倒れた後の顛末が分かってよかった。……結果を聞く限り、決して良い状況ではないけれど。

「全く、本当にビビったぜ。俺より先にお前が密猟者を見つけてて、しかもその密猟者に襲われるところで……しかも、そのままお前、ぶっ倒れて三日も動かねえし」

……あれ？
三、日……？
「三日」

「そう。三日だ！　……お前、一体何をやったんだ？　俺がここに来る度にお前、姿勢一つも変わってなくってさ。死んでるのかと思ったぜ、ほんと……」

う、うわ……それは怖い。

僕って三日、意識不明だったたってこと？　外傷は無いのに？　それは……それは怖い。すごく怖い。なんだそれ。どういう状態だったんだろう。

「何かでかい魔法でも使ったか？　知り合いがでけえ奴ぶちかました時もあんなかんじだったけど」

「……多分それです」

多分、一度に二頭の馬を描いて治したのが効いたんだな。一頭ずつなら六時間くらいの気絶で済むのに、それが、三日……。

「お前、ほんと気を付けろよな？　なんつうか、魔法に不馴れなかんじがしてさあ……見てて不安だぜ」

「う、うん……それは、ごめんなさい」

そりゃ、不馴れだよ。魔法って何？　っていう状態なんだから。

うん、でも……とりあえず、今後は気を付けよう。下手に馬を描くと、三日寝続けることになるらしい。

「……ところで、密猟者のことなんだけれど」

「おう。どうした？」

僕が寝っぱなしだったことは置いておくとして、僕はそっちが気になる。

「なんとか、密猟の罪で裁くことってできないの？　例えば……僕が証言するとかじゃ、駄目なんだろうか」

僕がそう申し出ると、レッドガルドさんはハトが豆鉄砲を食ったような顔をしつつ……首を傾げた。

「そりゃありがてえが……お前、どうやって何を証言するんだ？」

「え？」

「いや、だってよ。ほら、ペガサスもお前も、一応無事だろ」

……あっ。

「まあ、良い事なんだけどよ。現状、傷ついたペガサスもユニコーンも居ないから……」

そ、そっか……そうだった。僕が証拠をわざわざ消しちゃったんだ。傷ついた馬が居ないから、馬を傷つけた罪なんて立証できない。そういうことだ。

「まあ……だから、お前の気持ちは嬉しいけれど、それは難しいな。お前が証言できるのは『密猟者がペガサスを追いかけているところを見た』ってところだろうし、そこについては証拠がない訳だし」

そうか……。僕、失敗したな。

馬を治したことで、レッドガルドさんの邪魔をしてしまった。馬の為にもよくないことだった、かもしれない。

「……ま、そうしょんぼりするなよ！　な！　密猟者共はまあ、これから何とかするとして……ほら、ペガサスは助かった！　ペガサスは喜んでる！　その証拠に、こんなにお前に懐いてる！　こいつらだって感謝してるんだろ。お前の家の窓に張り付いて離れなかったし」

レッドガルドさんの言葉を証明するみたいに、馬が僕に擦り寄ってきた。ついでに羽でふわふわくすぐられる。くすぐったい。

「ほらほら。とりあえず何か食っとけ。水くらいは飲ませたけどさ。それでも三日、何も食ってないんだぞ、お前」

……そう言われると、お腹が空いてきた、気がする。うん。お腹が空いた。

馬達も僕に『食べろ』とでも言うかのように、果物を持ってくる。一番面白かったのは、一角獣が角の先に桃を刺して持ってきた奴。そっか。君はそうやって物を運ぶんだね。うん。

……自分があんまりうまくやれなかったことに少し落ち込んだけれど、でも、落ち込んでいてもしょうがない。とりあえず今は、食べ物を食べて、元気になることにした。

一角獣が持ってきてくれた桃は瑞々しくて、甘くて優しい味がした。うん。美味しい。

僕が桃を食べているのを見たからか、他の一角獣も、角の先に果物を刺して持ってきてくれた。いや、そんなにいっぱいは食べられないよ、僕。気持ちは嬉しいけれど……。

ということで、一角獣が持ってきてくれた果物をレッドガルドさんにお裾分けしながら、もう少し、果物を食べる。満腹になるまでたっぷり食べよう。その方が体の為になると思うし、折角、一

＊密猟者

角獣が持ってきてくれたし。

「やっぱり美味いなあ、ここの果物。なんでこんなに甘いんだ？　やっぱ精霊の寵愛とかがあるのか？」

「なんでだろうね……」

お裾分けの果物を食べているレッドガルドさんに『日本の果物ですから』と言う訳にもいかず、適当に誤魔化しながら相槌を打つ。この世界の果物がどんなものかは分からないけれど、品種改良された果物はそりゃあ美味しいに決まってるよ。

「……あ、そうだ。トウゴ。さっき言い忘れたが、密猟者をどうにかする方法、無い訳じゃあねえんだ」

「え？」

急に変わった話にびっくりしながら、その内容にもびっくりする。だってさっき、『立ち入りを禁止した森への侵入』の罪に問うしかないって言ってなかったっけ？

「獲ってたことは証明できねえ。けれど、売り捌いてたことなら、証明できるかもしれねえんだ。……もし、連中が闇市にペガサスの羽やユニコーンの角を流した取引の証拠が残ってれば、それで連中を叩ける！」

ああ、そうか。密猟者達は、馬の角や羽を獲って、それを売ってたんだ。そして、売ってたことを証明できれば、そっちから密猟の罪を炙り出せる、ってことか。

「大丈夫だ。絶対にやってやるよ。レッドガルド家の名に懸けて、このフェイ・ブラード・レッドガルドが、この森の平和を絶対に守ってやる！　な？」

レッドガルドさんはそう言って、僕や馬達を安心させるように明るく笑った。

「……ってことで、そろそろ俺は行くぜ」

それからレッドガルドさんは立ち上がった。彼も忙しいんだろう。なのに多分、僕を心配して、こんな森の奥まで来てくれてたんだな。……悪い事をしてしまった。

「町に戻って、密猟者共のアジトを聞き出して、そこを家探ししてやる。そんで、証文の一枚でも出てくりゃあ十分だからな！」

でも、レッドガルドさんはそう言うと、疲れも見せない様子で笑ってくれた。

……のだけれど、僕はその時、ふと、全然別のことを思い出していた。

「あの、ちょっといいかな」

記憶を手繰れば、確かポケットに入れたような、というくらいの記憶は残っていた。だからポケットを探ってみると……そこには、ここ三日ずっと入りっぱなしだったらしい紙切れが、確かに入っていたのだ。

「これ、読める？」

畳まれたそれを広げてレッドガルドさんに渡すと、彼はそれを読んで……そして、変な顔をした。

「……探す前に探し物が見つかっちまった」

「え？」

「これ、証文だ。ペガサスの羽とユニコーンの角を取引した、証拠なんだよ！」

……そっか。うん。なら、よかった。これで解決だ。馬を虐めた人達はちゃんと裁かれるし、レッドガルドさんは無駄に働かなくてよくなった。よし。

「……いや、いやいやいや、ちょっと待て。なんでお前、こんなもん持ってるんだ？　密猟者達の近くとかで拾ったのか？」

レッドガルドさんは、気合を入れたのに気合の行き場が無くなってしまった、みたいな顔で、証文片手に僕に聞く。ええと……まあ、正直に話した方がいいよな、と思ったので、僕は証文の出処を、ありのまま、答えることにする。

「ううん。鳥に貰った」

「と、鳥ぃ？　鳥って、鳥……？」

「うん。すごく大きい鳥なんだ。体と、あと態度も。態度も大きい」

「体と態度がデカい鳥、って……お前、本当に、変なやつだなあ……」

いや、僕じゃなくて、あの鳥が変なやつなんだよ。本当だよ。

「ま、まあ……いいけどよお。目的のものが手に入れば、それで……いいんだけどよお……」

レッドガルドさんはそんなような事を言って……そして。

「いや、なんかやっぱり納得いかねえー！　嬉しいけど！　納得いかねえー！」

そう、叫んだ。

……森の向こうの方から、キョキョン、と、鳥の声が聞こえてきた気がした。

おかげさまで、今日も森は平和です。

＊密猟者

＊お礼は安全に

それから、レッドガルドさんは証文を持って帰っていった。

……詳しく聞けなかったけれど、多分、密猟者の人達に襲われる前に飛び出してきてくれたのはきっと彼だ。彼が僕を助けてくれたんだろうな。そのあたりのお礼、全然できていないから、また今度会った時にちゃんとお礼をしたい。

そう思ってぼんやりしていたら、いつの間にかいつもの巨大な鳥が来て、水浴びを始めた。ここしばらく僕が居なかったからか、僕を見て首を傾げている。

「……へんなやつ、だなあ」

鳥を見て、僕もつい、そう言ってしまった。うん。この鳥、やっぱり相当変なやつだ。


その日の夜、僕はベッドじゃない所で夜を明かした。

外だ。外の、家の前。

木の下で、ブランケットに包まって……馬達に囲まれながら寝た。

結局レッドガルドさんを見送ってから夕方まで泉でのんびりしていたのだけれど、その後、家に入ろうとしたら馬達が帰してくれなかった。多分、不安なんだろうと思う。馬達も酷い目に遭わされたばかりだし、僕が倒れていたせいで心配をかけてしまったようだし。或いは、僕が心配……なのかもしれないけれど。

……ということで、僕は外で、馬に囲まれながら寝ることになった。のだけれど、落ち着かない。基本的に僕は、寝る時は自分以外の生き物が近くに居ると落ち着かない性質、なんだと思う。特に馬って、人間より体温が高いし、近くに居ると近くに居ることがよく分かる、というか……まあ、落ち着かない。

馬も馬で、目を閉じていたと思ったら開いたり、寝ているんだか寝ていないんだか分からない。やっぱり落ち着かないのかな。……いや、もしかしたらそもそも馬という生き物がそんなに眠らない生き物だからかもしれないので、何とも言えないけれど。

眠れないので、色々と考えてしまう。

まず、密猟者達のことだ。彼らはちゃんと、罰せられるだろうか。

……この辺りを考えると、なんとなくもやもやした気持ちになる。罰せられてほしいけれど、『罰せられてほしい』と思うことに罪悪感がある、というか。

まあ……うん、しょうがない。僕はそういう人間だ。

それから、あの鳥のこと。

密猟者達を懲らしめる材料になるであろう証文を持ってきたのは、あの鳥だ。

……あの鳥、本当に何なんだろう。羽が生えた馬や角が生えた馬が居る世界だから、巨大なコマツグミも普通に居るものなのかな、とも思ったのだけれど、でも、それにしてもなんだか……あいつはおかしい気がする。表情豊かだし。人を怖がらないし。僕に抱卵させるし。どこから持ってきたのか、証文まで持ってくるし。

あれは一体、何なんだろうなあ……。

……そして最後に思考が行きつくのは、元の世界のこと、だ。

もう、この世界に来て一か月くらいになるのかな。日数はきちんとカウントできているか怪しいけれど。多分、大体一か月。

一か月、というと……僕、元の世界に戻った時、大丈夫だろうか？　高校の単位は？　出席日数は足りるんだろうか？

その辺りの仕組みは全然気にしたことが無かったから分からない。……まあ、風邪を引いたりしない限りは学校を休んだことがなくて、だから、気にする必要が無かった、ってことなんだけれど。

うん、まあ、今までほとんど全部出席してるんだから、多分、単位は大丈夫、だろう。

もし駄目だったら……うん、あんまり考えたくないな。やめよう。

けれど、高校の単位は置いておくにしても、きっと、毎日塾通いになるな。欠席で遅れた分の勉強をしないといけないから……絵を描いている暇が無くなるかもしれない。

……嫌だな。

元の世界に帰るのが、嫌だ。

帰りたい明確な理由は一つだけあるけれど、それだけ……先生が心残りなだけで……他にあまりにも、煩雑なことが多すぎる。

今、この世界に来て中々楽しく暮らしているから余計になんだろうけれど……僕は少し、元の世界に帰るのが嫌になっているみたいだ。

……よくないよなあ、こういうの……。

考え事をしながら馬の間でごろごろしていたら、いつの間にか夜が明けていた。徹夜しちゃったのか、それともいつの間にか眠れていたのかは分からないけれど。

……まあいいや。

夜明けの空は、ピンクっぽく光って、とても綺麗だ。これを見られただけでも、よく眠れなかった分の価値はあったと思う。

それから……まあ、多分、馬は満足してくれただろうし。

その日、僕は馬に世話を焼かれていた。

寝て起きたらもう馬が朝食の果物を運んできてくれていて、その後、一角獣に運ばれて泉で水浴びさせられて、天馬の羽で体を拭かれて、着替えは流石に自分でとってきて着替えて、そうしたらまた、馬に囲まれて昼寝することになった。

……なんだこれ。

代わる代わる、いろんな馬が僕の隣に来る。どうやら彼らは、きちんと順番を守っているらしい。

うーん、なんで順番こなのかは分からないけれど、とりあえず、彼らは賢い……。

そしてその日の夜も馬に囲まれて寝ることになって……流石に地面でブランケットと馬を寝具に

寝るのは辛くなってきたから、木にハンモックを吊って、そこで寝ることにした。馬はそれでも納得してくれたらしい。それでも僕のハンモックの下に潜り込んで眠ったりして、何だかんだ一緒にいようとしたけれど。


そして翌日。……僕はなんだか元気になっていた。

昨夜もその前も馬に囲まれていてあまり眠れなかったから、回復も特にしていないかな、と思ったのだけれど、そうでもなかったらしくて……体の違和感は無くなっていた。

「馬に囲まれて寝たからかな」

馬に呟いてみるけれど、馬は特に何を答えるわけでもなくのんびり歩いて草と果物を食べているだけだった。……アニマルセラピー、馬セラピー、っていうのも無い訳じゃないとは思うけれど。うーん。

体が少し元気になったので、また絵を描く。

今回描くのは、単なるスケッチ。……レッドガルドさんが身に付けていたものの中に綺麗な石があったから、あのかんじを記録しておきたくて、描いた。

深い赤の石がついた腕輪。左の手首に嵌ってたよな、と思い出しながら、描いていく。


そんな時だった。

「おーい！　トウゴ！」

……遠くから、レッドガルドさんが笑顔でやってくるのが見えた。

「やったぜ！　密猟者共を全員とっちめてやった！」

どうやら彼は、あの後無事に証文を使って、密猟者達を罪に問うことができた、らしい。

「まだこれから色々手続きはあるけどな。でもとりあえず、これで一件落着だ！」

「そっか。よかった」

これで密猟者はもう出ないだろう。そうすれば、馬達も安全だ。よかった。

よかったね、と馬に声を掛けてみたら、ひひん、と元気に嘶いてくれた。うん。よかったね。

「今回、お前には本当に世話になっちまったな。密猟者を捕まえてもらったし……証文まで用意してもらった」

「助けたのは馬と鳥だよ。僕じゃない。しかも密猟者については要らない手間かけさせちゃったようなものだし」

「いや、助かったさ。今回、証文まできっちり出してやったからな。割と簡単にとっちめられたし、売買してた奴らも一緒に引っ張れた」

あ、そうか。馬の羽や角を売る奴らが居れば、それを買う奴らも居るってことだ。そして、今回はその『買う奴ら』も捕まえられた、のか。

それは、よかった。そこも全然、僕の力じゃないけれど。

「……それにやっぱり助けてくれたのはお前だよ。お前が居なかったら、きっとペガサスもユニコーンも、その……ええと、鳥？　っつうのも、きっと動いてくれてなかったさ」

けれどレッドガルドさんはそう言って、僕の背中をばしんと叩いた。

「ってことで、ありがとうな、トウゴ！」

うん。お役に立てたなら、何より。……でも、叩く力はもうちょっと弱めでお願いします。

「……で、お前への礼、どうしようかな、って思ったんだけどさ。物、ってのもなんか違うよな？

お前、欲しいものは全部描いたら手に入れられる訳だし……」

レッドガルドさんの目は、スケッチブックに描きかけの腕輪を見ている。

「あの、違う。これは欲しくて描いたんじゃなくて、綺麗だったから、記録用で……」

「ん？　あ、そうなのか。記録、ねえ……ま、確かに実物がそのまま残ったら最強の記録だよなあ」

それも違うんだけれど……実体化させるつもりは無かったし、だからあんまり描きこまないように しながら描いていたんだけれど……黙っておこう。

「何がいいかなあ……やっぱ勲章か？　親父と相談になっちまうけど」

僕がそんなことを考えている横で、レッドガルドさんは首を捻りつつ、懸命に考えている。

「あの、そういうの、別にいい」

「そうか？　じゃあ領土？」

「それもいらない……」

勲章も困るけれど、土地とか貰ったらもっと困る。……けど、ええと、土地か。うん……。

「じゃあ何なら欲しい？　お前が望むものがあれば、叶えられる限りで用意したいんだけどよ」

「……何でもいいの？」

レッドガルドさんを見上げながら、ちょっと迷ったけれど……今後の為にも、言う事にした。

「じゃあ、ここに住む許可、ください」

　僕がそう言うと、レッドガルドさんは、ぽかん、とした。

「……住む許可、って」

「いや、だってここ、その、レッドガルドさんの土地、なんだよね。なら、僕、ここに無断で立ち入って、勝手に住みついてるようなものだから……」

　僕、言っていて段々不安になってきた。不法侵入、不法滞在……。犯罪だ！　僕、犯罪者だ！　事故みたいなものだけれど、でも、十分にいけないことをしている！

「つまり、お前、今までの生活をしていたい、っていう、だけか……？」

「うん……」

　いかがでしょうか、という気持ちを込めて、レッドガルドさんを見上げる。

　これからもこの森で鳥や馬と一緒に絵を描きながら過ごせたら、それってすごく幸せなことだし……今までの生活について、減刑を、お願いしたいし！

「……お前、欲がねえなあ！」

　やがて、レッドガルドさんは大笑いしながらそう言った。

「分かった、分かった！　そのぐらいお安い御用だ！　精霊がお前を嫌ってるとも思えねえし、なら、お前がここに住んでても何も問題ねえだろ！」

　ああ、よかった！　ひとまず、これで僕はこの森に住んでいていいことになる！　やった！　不法侵入と不法滞在が許された！　よかった！　これからもよろしくお願いします！

「それにしても、本当に欲がねえよなあ……お前、やっぱり、その……妖精とかだったりする？」

しないよ。なんだよ妖精って。僕はただの、安全志向の人間です。僕は、人間、です！

とりあえず、ここに住む許可については、レッドガルドさんから彼のお父さん……つまり、領主様、この森の土地の権利者に、話を付けてくれる、らしい。よかった。

「なあなあ、折角だからもっと色々欲張っていいんだぜ？」

「そんなに欲しいもの、無いから……」

何が欲しい？ と言われても、困る。特に欲しいものは無いし、あっても大抵は絵の関係のものだし、そういうものは大体、描けば出せてしまうし……。

「そうかぁ。まあ、描いて出せちまうんなら、そうだよなあ」

レッドガルドさんはそう言って、ふーん、と唸ると……ちょっと何か思いついたらしくて、目を輝かせて僕にずいずい迫ってきた。

「ってことは、お前、もしかして、召喚獣とかも出せるのか？」

……しょうかんじゅう？


「何ぃ!?　召喚獣を知らねえだと!?」

「うん」

知らないよ。なんだろう、召喚獣、って。じゅう、なんだから、獣？

「ま、まあ、買うと高価なもんだしな。知らなくても無理はねえ、のか……？」

いや、多分、お値段に関係無く、僕はそれを知らない……。

「それで、召喚獣、って、どういうもの？」

知らないものは聞かないと分からない。折角だから、聞いてみることにする。

「んー、そうだなあ……」

僕を見ながら、レッドガルドさんはちょっと考えて、それから、僕に説明してくれた。

「召喚獣ってのは、人に使役される魔獣の類だな。一緒に戦ってくれたり、移動の足になってくれたり、ま、とにかく色々働いてくれる」

……つまり、ええと、家畜、みたいなものだろうか。牛に畑を耕してもらう、みたいな。

「魔獣と契約することで、召喚獣を持つことができるんだよな。それで、召喚獣は契約さえちゃんとしてれば、後は持ち主の魔力をちょっと分けてやるだけで、呼べばいつでも出てきてくれる」

「えっ」

よ、呼べば、出て、くる……？　ええと、それ、どこから……？　四次元空間とか？　ポケットとかから？　あと、契約って何？　それ、僕の知ってる『契約』と同じものなんだろうか……？

「まあ、召喚獣、っつうと、相性もあるしな。全員が全員、召喚獣を持てるわけでもねえ。特にドラゴンとかは貴重だし、中々人と契約してくれねえ。レッドガルド家の初代は、伝説のレッドドラゴンを使役してたらしいけどな。ま、ドラゴンは皆の憧れの的、って奴で、契約の適性もある、魔力の適性もある、そもそも魔獣との相性もあるし……っと、悪ぃ。難しかったか？」

レッドガルドさんは説明してくれるのだけれど、うーん、考えれば考える程、よく分からない。

『難しかったか？』と聞かれてしまうと素直に頷きたくないかんじもあるのだけれど……。でも、分からないです。『分からない』という顔をレッドガルドさんに向けてみたら、苦笑いされてしまった。

「……ま、もしお前がそういうの、必要そうなら、召喚獣を今回の礼にさせてもらおうか、とも思ってたんだけどよ。ほら、お前だったら水の精とか風の精とか、相性良さそうだし。どうだ？」

「今のところ特に必要無いと思うから……ええと、いらないです」

手伝ってほしい仕事は、多分、無い、と思う。僕だけでもなんとかやっていけているし、あと、その……もし、僕が元の世界に戻ることがあったら、その時、召喚獣はどうするんだ、っていうことにもなるだろうし。生き物を飼うのって責任が重いよ。

「そっかぁ。……なんとなく、お前ならドラゴンでも使役できそうな気もしたんだけどよー」

「どらごん……」

何故かちょっと残念そうな顔をしながら、レッドガルドさんはそう言う。

そうか……ドラゴン、か。それが架空の生き物だっていうことくらいは、僕も知っている。先生の家に置いてある本で見たことがあるから。

「この世界には、ドラゴン、が、居るの？」

「ん？　おう。そりゃあな！　……まあ、絶滅しちまってる種とかもあるけど」

そっか。この世界って、つくづくファンタジックな世界だ。変な鳥や変な馬だけじゃなくて、ドラゴンまで居る世界だとは。

「どうした？　興味出てきたか？」

「……うん。少しだけ」

聞かれてそう答えると、レッドガルドさんは何故か顔を明るくしてきたのだけれど……。

「その……描いてみたいな、と、思って」

ドラゴン。どんな生き物なんだろうか。

空を飛ぶのかな。大きな体で、トカゲみたいな体に立派な翼があって……。そういう生き物が居たら、きっと、すごく綺麗だと思う。見てみたいな。描いてみたい。架空の生物が、この世界では架空の生物じゃない。想像で描かなきゃいけないはずのものを、実物を見て描けるかもしれない。

この世界ではそれができるかもしれないって考えると、すごくわくわくする。いいな、ドラゴン。見たいな。描きたいな。

……ただ、僕が一人、わくわくしていたら。

「トウゴ。お前……」

レッドガルドさんが、気が抜けたような顔をして、僕を見ていた。

「……ドラゴンよりも、ドラゴンの絵に、興味があるんだな？」

うん。僕は頷く。すると、レッドガルドさんは気が抜けた顔で笑い声を上げた。

「ほんとお前、絵を描くの、好きなんだなあ」

「……うん」

本当にそうだなあ、と、つくづく思う。この世界に来て、益々、そう思う。

僕、絵を描くことが好きなんだ。本当に。

＊初めての雨の日

……それから。

レッドガルドさんはその後も色んな手続き？　をして、密猟者の人達をなんとかしてくれたらしい。忙しそうだったけれど、その合間を縫って、遊びに来てくれた。お土産に食べ物を持ってきてくれたり、馬の為のブラシを持ってきてくれたり。あと、色々な話を聞かせてもらったし、正式に僕をこの森の住民として認める書状をくれたり。何かと面倒を見てくれるので、とてもありがたい。

……そして、何より。

「じゃ、俺、ちょいと昼寝させてもらうぜ！」

「うん。じゃあ、ちょっと描かせてもらうね」

「ははは。いいぜ。ごゆっくり」

「そちらもごゆっくり」

レッドガルドさんはここへ遊びに来ては昼寝したり休憩したりして帰っていく。要は、息抜きにここへきているみたいだ。そして、彼が昼寝したり休憩したり本を読んだりしている間、僕は……彼を使って、人物デッサンをさせてもらっている。

今日も、ハンモックで昼寝を始めた彼で早速、デッサンの練習だ。人間って形が複雑だ。面白いなあ。

レッドガルドさんはモデル向きだ。見目がいい、というか、整っている、というか。だから練習に丁度いい。あと、表情が豊かだ。そこも描いていて楽しい。

それから、彼のいいところは……眠りが浅い内は寝相が悪くて、深く眠ってしまうとほとんど動かなくなる、という点だ。眠りが浅い時にはころころポーズが変わるから、クロッキーの練習に丁度いい。そして、眠りが深くなったら変な姿勢のまま動かなくなってくれるから、じっくりデッサンするのに丁度いい。

……うん。レッドガルドさんが来てくれるようになって、よかった。楽しい。

そんな、ある日。

「トウゴー！　来たぜー！」

その日もレッドガルドさんは元気に遊びに来た。……そしてその日は、記念すべき日になった。

「んで、悪ぃ！　なんか拭くもん貸してくれ！」

「はい」

玄関先で彼にタオルを渡すと、彼はお礼を言って体を拭き始めた。

……そう。

「いやあ、ひっでえ雨だな！　急に降ってきた」

今日は、異世界に来て初めての雨の日だ。

そういえば、この世界に来て初めての雨の日だな。今までずっと晴れてたから、雨がすごく新鮮に感じる。……野宿してる頃、一回も雨が降らなかったのは本当によかったなあ。

「おもしれえなあ。馬も屋根、つけてもらったのか」

「うん。降ってきたから慌てて描いた」

雨が降ると馬達が濡れて可哀相だから、馬が雨宿りできるように、水浴び場の横に屋根をさっと作っておいた。

……ちなみに、水浴び場として、泉の横に小屋を造ったんだけれど、それはレッドガルドさんがちょくちょく遊びに来るようになったからだ。うん、彼は唐突に来るので、下手するとその、見えるから。……うん。それはちょっとやっぱり、同性でも恥ずかしいので。

「馬も幸せもんだな。雨宿りさせてもらって、居心地のいい場所ができて」

そういえばこの辺りはすっかり、天馬と一角獣の遊び場になっている。気づいたら割ととんでもない数が来るようになっていた。牧場が経営できそう。そして、そんなとんでもない数の馬が来るものだから、雨宿り用の場所も広めに作ることになった。うん。大きなものを実体化させるとやっぱりすごく疲れる。

でも、僕も成長した、ということなんだろうか。以前の僕だったら、この大きさの屋根を描いたら気絶していたかもしれないけれど、今は平気だし。……つくづく、今まで雨が降らなくてよかった。

「そういえばこの辺りって、あまり雨は降らないの？」

そういえば一か月以上雨が降ってなかったんだよな、と思いながら、ちょっと聞いてみた。

すると。

「ん？　いや、そういう訳でもないと思うがなあ……あ、でもこの前降ったのは結構前か。確かに最近は少なかったかもな」

……レッドガルドさんからは、そんな答えが返ってきた。そっか。じゃあ、本当に、僕、運が良かったんだなあ……。

「あー、トウゴ。悪いんだが、今日は泊まってっていいか？　雨、止みそうにねえし……」

「うん。どうぞ」

そして数時間後。レッドガルドさんは泊まっていくことを決めたらしい。別に構わない。

……ほら、『絵に描いたものを実体化する』だけじゃなくて、『絵に描いたものを実体に反映させる』の方を使うと、客室の建て増しも簡単だから。だから、ええと、一部屋つくってしまった。これでレッドガルドさんはゆっくりしていき放題。僕は人物デッサンし放題。万歳。

「あーあ、くそ、早く止まねえかなあ……」

レッドガルドさんは頭を掻きつつ、窓の外を見てため息を吐いている。

「雨、嫌いなの？」

「ん？　まあ……そうだな、あんまり好きじゃねえなあ……。特に出先だと」

うん。出先での雨はちょっと嫌かもしれない。それは分かる。

「お前は？　雨、好きなのか？」

「うん」

僕は雨が好きだ。絵の具が乾きにくかったり、洗濯ものが乾かなかったりもするけれど。でも、窓の外でしとしとと降っている雨をぼんやり眺めるのは好き。夜の雨もいいよね。街灯や車のヘッドライトに照らされて雨がはっきり見えるのが好きだ。

あと、雨の日は静かでいい。周りの音も全部消えてしまって、全部雨音になる。この辺りは森の中だから元々静かだけれど、それでもやっぱり、雨の日は雰囲気が違う。白っぽく煙って、遠くの木々が薄い緑色、そして灰色に見える。ああ、この森の様子も描きたいな。……描いても変に実体化しないように、適当に手を抜いて描くことになるけれど。


僕は軒先で森の絵を描き始めた。レッドガルドさんは家の中でゆっくりしている。

……そういえば、彼のことはよく知らない。彼自身は彼のことを話すのにあまり躊躇が無いようなんだけれど、僕も僕であまり僕のことを話さないので、僕だけ聞くのもなんだか対等じゃない気がするし、必要最低限のことしか、お互いに知らない、と思う。

けれど、どうやらレッドガルドさんが最近、家の方で大変そうだ、っていうのはまあ、分かる。密猟者達の後片付けが大変なんだって、言ってた。


彼の家がここらへん一帯の領主をやっている、って聞いたけれど、つまりそれって、彼は貴族だっていうことなんだろう。そしてそのせいで、色々大変らしい。人付き合い、社交の類は彼が次男だからっていう理由で結構免除されているらしいんだけれど、次男だからっていう理由で、領地内の悪さを取り締まりに走ったりとか、そういうことはさせられている、んだか、自主的にやっている、んだか……。うん、よく分からないけれど。

……まあ、つまり、レッドガルドさんがここへ遊びに来る時っていうのは大体、休みたい時なんだと思う。ここは静かだし、いいところだと思うよ。馬達も居るし。その代価として描かせてもらってるけど。

ただ……一つだけ気になるのは、レッドガルドさんがどうやってここまで来ているのか、っていうことなんだよな。

彼に、ここから彼の家までどれくらいかかるのか、って聞いてみたんだけれど、『道が分からずに歩いたら半日ちょいかかるかもな。でも、場所が分かってて、それなりに飛ばして進めば一時間くらいだぜ』というすごいお答えを頂いてしまった。何をどう飛ばしたら半日の道を一時間にできるんだろうか。

……もう一つ気になることがある。

それは、レッドガルドさんが僕を密猟者達から助けてくれた時、どうやって助けてくれたのか、っていうことなんだ。

僕はすぐに気絶してしまったから分からないけれど……追いついてきていた密猟者達は、何人くらい居たんだろうか。あの時、ロープで縛った全員がロープを抜けて追いかけてきていたのなら、十人以上は居たはずだ。

それを、レッドガルドさん一人で対処した？　……でも彼は、特に武器らしい物を持っているわけでもないし。

うーん……まあいいや。考えるだけ無駄かな。どうしても気になるようなら、今度また、聞いてみよう。

考えるのをやめて、また森の絵に集中し始めた。雨の日の森はやっぱり綺麗だ。でも、雨の表現って難しいな。

……前、油絵で、雨の森の奴を見たことがある。森があって、川があって、そこに雨が降り注いで白く煙って、それでいて、霧じゃなくてちゃんと雨の絵。

できれば僕も、ああいう奴を描いてみたいな。この世界に来てから水彩だけでやってきているけれど、そろそろ油絵の具も出してみようかな。油絵の具も描けば出てくる、とは思う。うん、記憶が薄いから、ちょっと頑張って思い出さないといけないだろうけれど……。

雨の日の森は少し寒い。制服のシャツだと、少し肌寒いみたいだ。絵を描くことに集中できなくなるくらいには、寒い。

少し動いてみたのだけれど、それでもやっぱり寒い。僕は元々第一ボタンまで全部閉めたいタイプだから、これ以上は暖かくならない。

なので、鳥にもらった服を着る。フードが付いてる、深緑のコートみたいなやつ。着替えてみると、案の定、制服を着ていた時よりもずっと暖かくて、それでいてさらりとしていいかんじ。

よし、これで雨の森を描くことに集中できるぞ、と、もう一度、画用紙に向かう。

……そんな時だった。

馬達が、嘶いた。何かに怯えるみたいに。

遠くへ目を凝らす。すると確かに、雨の中……近づいてくるものが、見える。

しとしとと降り注ぐ雨に濡れながら、確実にこっちへやってきているそれは……フード付きのマントを着た人が数名。

そして……水でできた、巨大な蛇、だった。

最初に思ったのは、綺麗だな、ということ。

人はよく分からないけれど、水でできた大蛇、というのはとても綺麗だ。透き通った体の向こうに森の緑が透けて見える。雨に打たれて体の表面に波紋が浮かぶ。そして動くたびに揺れる体と、その中で歪む風景。……異世界って本当に不思議な生き物が居るんだなあ、と思わされる。いや、あれが生き物なのかは分からないけれど。

そういえば、レッドガルドさんが召喚獣の話をしてくれた時、水の精、っていう言葉が出てきた。もしかしてあの蛇は、水の精、なんだろうか。いや、分からないけれど……。

……とにかく、僕はその一団を見て……危機感のようなものをうっすらと感じながら、それでもじっと、彼らを見ていた。

その時だった。

人の一人が何かを喋って、それを聞いたらしい水の大蛇が、その尻尾を振り上げて……。

……馬達が雨宿りしている屋根へ、尻尾を振り下ろした。

凄まじい音。木の板で葺いた屋根が割れて砕ける。梁が折れて、柱も倒れた。そして、その下で雨宿りしていた馬達は、嘶きながらあちこちへ逃げて……最終的には、僕の方へ来た。

天馬達が翼を広げて、家の前に立ちはだかる。一角獣はさらにその前で姿勢を低くして、角を構える攻撃の姿勢だ。

僕も流石に絵の道具を置いて、家の前に降りた。

「ふむ。中々妙なガキが居るな。見たところ、男……のようだが、これほどユニコーンを手懐けるとは。……魔獣使いか？」

僕らへ近づいてきたフードの人は、そう言ってにやりと笑う。……嫌な笑顔だ。元の世界で何度も見たことがある。すごく、厭な顔だ。

「……何か、うちの馬にご用ですか」

馬に囲まれたままじゃあ恰好が付かないな、と思いながら、それでも僕はそう言ってみた。『用があっても無くてもさっさと帰ってくれ』という意思は隠さずに。

「馬、か。ふふ、ペガサスやユニコーンを馬呼ばわりとは、中々面白い。……だが、そうだな。『今は』ペガサスにもユニコーンにも用は無い。無論、頂けるものがあるなら頂きたいが……」

……『頂く』という言葉を聞いて、僕は察した。

こいつらは、密猟者の仲間だ。

「我々の目的は、レッドガルドの次男だ。……ここに居るな？　さあ、出してもらおうか」

「……居ませんよ」

「ははは。見え透いた嘘を吐かれても困る。ここに奴が来ていることは分かっているのだ」

うん、まあ、だろうね。それが分かっているからこそ、彼らはここに来ているのだろうし……。

「居たけれどもう帰りました。雨がもっと酷くなる前に、って。忙しいみたいですよ。彼」

「……そうか」

流石に『居ません』だけで貫き通すのは難しい気がしたので、少し脚色した。でも、これなら別におかしくないんじゃないかな。多分。レッドガルドさんの性格からして、僕の家に泊まることに躊躇が無いのはまあ、そうなんだけれど……どうやら目の前の相手はレッドガルドさんのことを知っているらしいし、なら、彼が忙しいことも知っているはずだし。

……と、思ったら。

僕の体に、何かが巻き付いていた。

なんだ、と思うより先に、体が締め付けられた。僕を締め付けているのは、いつの間にか僕の足元へ現れていた、水の大蛇の尻尾だ。

天馬が慌ててばさばさ翼をはためかせたり、一角獣が水の大蛇を突いたりするけれど、水でできた体はどんな攻撃も受け付けないらしい。僕ももがいてみたけれど、するり、と手が水の中に入り込んでしまうばかりで、ちっとも抵抗できやしない。なのに、僕を締め付ける力は強まる一方だった。

「う」

声と一緒に、息が漏れた。肺を肋骨ごと圧迫されて、体から空気が抜けていく。

みし、と、骨が軋んだ。苦しい。頭に血がのぼるような感覚。血管が締め上げられて、血が流れなくなって、頭が膨れ上がるみたいな感覚だ。頭が熱い。でも触れられているところが冷えて寒い。

……このまま絞め殺されるのか、と思った瞬間、僕を締め付ける力が弱まった。

急に肺に空気が入ってきて、咳き込む。へんなとこに水が入った。

「可哀相にな。どうやらお前はレッドガルドに信用されていないらしい。奴が手の内を明かしていたなら、そんな嘘は吐かなかっただろうに」

「……え？」

フードの人はそう言って、それから水の大蛇に何かを指示した。途端、僕の体は高く持ち上げられてしまう。天馬達がばたばた飛んできては僕を助けようとしてくれるけれど、不思議な大蛇の尻尾は相変わらず、僕を掴んだままだった。

「信用されていない相手を気遣ってやる必要はないだろう？　さあ、言え。奴はどこに居る？」

僕は言われた言葉の意味を反芻して困惑しながら、でも、ここでレッドガルドさんの居場所を言うべきじゃないことは分かったから、ただ黙っていた。

「……ふむ。なら今度は内側から責めるか」

すると、僕を締め上げている蛇の尻尾がするり、と口元まで伸びてきた。

……あ、これ、まずいやつなんじゃないだろうか。

僕の嫌な予感は的中して、水でできた蛇の尻尾は僕の口の中へ入り込もうとする。いや、これ駄目なやつだ。溺死する。溺死するやつ。

でもどうしようもないから、なんとか蛇の尻尾から逃れるべく首を振って足掻いていたのだけれど……。

「おい！　てめえら何してる！」

……ああ、うん。来ちゃったらしい。

「そいつを放しな。俺が目的なんだろ？　ああ？」

レッドガルドさんが、家から出てきてしまっていた。

レッドガルドさんが出てきた途端、蛇の尻尾は僕の口を狙わなくなった。気が逸れた、らしい。

助かったけれど、助かったと喜ぶ気にはなれない。どう考えても、これ、まずい状況だ。

「ようやくお出ましか」

「おう。うるせえ声が聞こえたもんでな。目ェ覚めちまったじゃねえか。どうしてくれんだ」

レッドガルドさんは玄関から出てきて、真っ直ぐ僕らの方へ歩いてくる。これ、来ない方がいいんじゃないのかな……。

「ふむ。どうやらこのガキに思い入れでもあるらしいな？」

「……ああ。恩人だ」

……うん、僕のせいだな。これは。レッドガルドさんは出てこない方がよかったんだと思うんだけれど、でも、僕が捕まっちゃったので出てこざるを得なかったんだ。

「そうか。なら今ここで、このガキを絞め殺してみたら面白いかな？」

「おい！」

一瞬、僕を締め付ける力が強くなったけれど、レッドガルドさんの怒声が上がった瞬間、また締め付けは弱まった。

「……やめとけ。そいつに手ェ出してみろ。俺も怒るが、ペガサスもユニコーンも……この森の精霊だって、黙っちゃいねえぞ。多分な」

「はっ。精霊、か。もう少し上手い文句を言ってほしかったものだな。だが……ペガサスやユニコーンが黙っていない、というのは確かなようだ。ならば、無用な争いはこちらとしてもしたくないな」

フードの人はそう言って嫌な笑顔を浮かべて……言った。

「大人しく装備を捨てろ。まあ元々この雨の中で戦えるとも思えんが」

レッドガルドさんは彼らをぎろり、と睨みつけた。その目は熾火みたいに明るく、鋭い。

……そして彼は、腕輪と耳飾り、クロスタイに飾られていた宝石を外して、泉の中へ放り投げた。

ぽちゃん、と音がして、泉はその水底に真っ赤な宝石を四粒ほど、沈めることになる。

「……ほう。中々潔いことだな」

「へっ。そいつぁどうも」

レッドガルドさんはそう吐き捨てるように言うと、その場の草の上にどっかりと座り込んだ。

「おら。連れていきたきゃ連れていけ。ただしそっちのガキは放していけよ？」

「話が早くて助かるよ。無能君」

フードの人が合図すると、他のフードの人達がやってきて、レッドガルドさんに縄をかけていく。

……そして。

「おい！　そいつは放せっつっただろうが！」

僕にも、縄が掛けられ始めた。

「ふっ。このガキに手を出すとペガサスやユニコーンが黙っていない、のだったな？　……つまりこのガキは、いい餌になるということではないか。当然、そんな貴重な餌を我々が見逃す訳がないだろう？」

僕もレッドガルドさんも縛り上げられた後、水の大蛇が僕とレッドガルドさんを咥えた。

「安心しろ。殺しはしない。……ここでは、な」

「てめぇ……！」

そして僕らは、水の大蛇に呑み込まれて……意識を失った。

＊夢見る自由が空を飛ぶ

……ぼんやりしながら目を覚ました。夢を見ていたような気もしたけれど、思い起こそうとしてみると何も思い出せなかった。

代わりに目を開いたら、そこにあったのは見慣れない風景。

暗い灰色の石でできた床と壁。ころりと寝返りを打ってみれば、天井も石。それから……僕が初めに向いていたのと逆方向の壁は、鉄格子。そして、鉄格子の側で倒れている、レッドガルドさん。

……眠ってしまう前のことを一気に思い出して、動こうと思って却って動けなくなる。意思が一気に溢れると、頭が混乱して咄嗟に動けなくなるんだって、先生が言ってた気がする。

結局それから二呼吸。僕はやっと、体を動かし始める。

手足が上手く動かないのは、どうやら縛られているかららしい。手首と足首がそれぞれ縛ってあるらしかった。仕方が無いから、もぞもぞ寝返りを打って転がっていって、レッドガルドさんの傍まで進む。床を転がる度に、床の上の埃が体についた。でもそんなこと気にしていられない。床の冷たさも、気にしている場合じゃない。

「……レッドガルドさん」

ようやくレッドガルドさんの傍まで辿り着いて声をかけてみるけれど、彼の返事は無い。

「レッドガルドさん」

もう一度呼びながら、揺り起こしてみる。手が使えないから、申し訳ないけれどちょっと足で脚の方を蹴らせてもらった。ちょっと小突くくらい。

「う……」

すると、レッドガルドさんは呻いて、それからもぞもぞ動き出して……僕の方を向いた。

「……トウゴ？　無事か？」

「多分」

レッドガルドさんは寝ぼけているようだったけれど、開ききっていない目を何度か瞬きして、それから首をゆるゆる振って、ようやく起き上がった。それを見て僕も頑張って体を起こす。……手を使わずに起き上がるのは、腹筋運動みたいでちょっと辛かった。

「ってて……くそ、ここはどこだ？」

「分からない」

レッドガルドさんは周りを見渡して、「牢屋だな」と言った。うん、それは僕も分かるよ。流石に。

「くそ、あの野郎共……ぜってえ許さねえぞ」

呻きながら地の底を這うような声でそう言いながら、レッドガルドさんは牢屋の外、鉄格子の向こうを睨んで……誰も居ないし何もないそこに向かって、やがて大きくため息を吐いた。

「ああくそ、すまん、トウゴ。俺の不手際でお前を巻き込んだ」

「うん、まあ、しょうがない」

続いた第一声が僕への謝罪だから、なんというか、本当に良い人だなあ、この人。

「いいよ。どうせあの人達、密猟の人達の仲間でしょう。なら僕も無関係とは言い難いし」

「そ、そうは言っても、お前まで巻き込まれるはずじゃ……」

レッドガルドさんから謝罪が続きそうだったから、僕は彼の言葉を遮って、訊ねる。

「でも巻き込まれてる。だから教えてほしい。これ、どういう状況？」

とりあえず、状況確認。石の床に寝っ転がってるだけじゃ、状況は好転しない。

「……俺とお前をここへぶち込みやがったのは多分、お前が察してる通りだ。密猟者の仲間……ペガサスやユニコーンの素材を『買ってた』連中だな」

ああ、証文を使って芋蔓式にできたっていう人達か。そっか。……やっぱり、そういうものを売り買いしている人達って、こう……怖い人達なんだな。どの世界でも。

「密猟者共をとっちめる時に『買う』側もそれなりにやったんだが、それが闇市の連中の気に食わなかったらしい。逆恨みしてきやがった」

よくある話、だと思う。うん。密猟者と闇市の人からしてみれば、自分達が捕まるのって気分が良くないだろうし。あとは、まあ、元々怖い人達だったら、いくらでも逆恨みだけで酷いことができるんだろうし……。

「それでここ数日、ずっと付け狙われてたんだが」

あ、そうだったんだ。それは……大変だったんだな。

お疲れ様、という意味を込めてレッドガルドさんを見つめると、彼は気まずげな顔をして……それから、思い切ったように言った。

「連中も言ってたかもしれねえが……その、俺な？　雨が降ってるとな、戦えねえんだわ。だから、雨が降りそうなのを見て、お前のところに逃げ込ませてもらったんだ。まさか森まで追ってくるなんて思わなかったが……その結果、お前を巻き込んだ。本当に、すまなかった」

それからレッドガルドさんは、彼の能力について、話してくれた。

「俺な、魔法がそんなに使えるわけでもねえし、剣術ができるわけでもねえ。……『無能』なんだ。連中の言う通りな」

最初にレッドガルドさんはそう言った。僕はそうは思わないけれど、多分、彼自身は自分のことを『無能』だと思ってるんだろう。そういう声だった。

「だから……金で買った。能力を。俺の耳飾りとか腕輪とかブローチとか、覚えてるか？　あれな、俺の武器なんだ。あそこに召喚獣を仕込んである」

「召喚獣？」

「ああ。火の精を四匹。それぞれ、狼の形が二匹と、鳥の形が二匹だ」

火の精……？　駄目だ、全然想像ができないや。ここを出たら見せてもらいたい。

それにしても、狼の形の火の精と、鳥の形の火の精、か。……あ。

「……もしかして、森の中へ来る時は、それに乗ってきてたの？」

「ははは。察しがいいな。うん。そういうことだ。森の中なら狼に乗ってくる。外なら鳥で、ってな」

成程。それで、片道半日の道が、一時間で。……とんでもなく速いってことだよね、それ。うーん、ちょっと怖いけれど、やっぱり見てみたくもある。

「……ただ、あいつら、火でできてるからな。雨の日は使えねえ」

「消えちゃうもんね」

火の精がどんなものかはよく分からないけれど、まあ、多分、火なんだろう。だったら、雨の中に出したら可哀相だ。

「おう。ま、だからできれば、火じゃねえ召喚獣を使いたかったんだが……俺には、火の召喚獣以外、使う才能がまるきりなかったんだよな」

レッドガルドさんはそこで、自嘲、というのかな。そういう顔をした。

「自力じゃまともな魔法が使えなくて、それで金で能力を買って、しかもそれすら使えねえんだ。……情けねえだろ」

「そんなことはない」

そんなことはない、と、僕は思う。僕からしてみれば、宝石の中に火の精が居て、火の精を使役できるっていうだけでも相当にすごい。

けれどやっぱり、それはレッドガルドさんの気持ちじゃないんだろうから。だから、僕が何を言っても、彼の助けにはならない。そういうのは、分かってるつもりだ。

僕は色々と頭の中で考えてしまって、それが顔にでてしまったらしい。レッドガルドさんはちょっと笑って、話題を変えるように明るく話し始めた。

「レッドガルド家はな。代々、魔物使いの家系だったらしい。ご先祖様はレッドドラゴンを使役して戦っていたんだそうだ。……ほら。これ、うちの家紋。入ってるだろ。ドラゴン」

それからレッドガルドさんは、ベルトのバックルについている紋章を見せてくれた。

「……ドラゴン」

紋章はどうやら、レッドガルドさんの家の家紋らしい。そしてそこには、炎を抱くドラゴンの姿があった。コウモリみたいな翼と、鱗に覆われた体。大きな鉤爪。トカゲみたいな顎があって、角もあって……ファンタジーの世界の生き物の姿が、ここにデザインされている。

「かっこいいだろ」

「うん」

にやり、と笑顔を向けられて、素直に頷く。これはかっこいい。ドラゴンの描き方がいい。紋章にしてあるわけだから、デザインは相当デフォルメされているんだけれど、それでもちゃんとドラゴンで、ちゃんと炎なんだ。いいな。単純な絵とは違うけれど、デザインの勉強も一度、してみたいんだ。

「俺もドラゴン、一度でいいから使役してみてえなあ」

レッドガルドさんはそう言って、ちょっと遠い目をした。

「ま、レッドドラゴンはもう絶滅しちまってるらしいけどな。でも、普通のドラゴンならまだ居るから、可能性はゼロじゃない。……まあ、ゼロじゃないからって、叶うとも思ってねえけど」

彼の目が、少し陰る。

「親父も兄貴も、火以外の召喚獣が使えるけれど、ドラゴンは駄目だったらしい。だから、もし俺が……」

ぎゅ、と、彼の目が閉じられる。

「……ま、火の召喚獣しか使えねえような俺がドラゴンなんて、高望みが過ぎるんだけどな」

こういう時、なんて声を掛けたらいいんだろう。

僕は言葉を探すのが下手で、こういう時、何て言ったらいいのか、分からなくなる。思うことはたくさんあるのに、それを伝えることができない。『高望みなんかじゃない』は違う。そんなのただの誤魔化しだ。『そんなに自分を卑下しないでほしい』も違う。それはただの僕のエゴだ。だから、何か、もっと違う言葉が……。

……でも結局、レッドガルドさんの目が閉じていたのは、ほんの数秒のことだった。

「でも、想像するだけならタダだ！」

そう言って、レッドガルドさんは笑うのだ。

意外だった。彼の目にはちゃんと、希望が燃えていた。

現実が見えていないわけじゃなくて、子供騙しの誤魔化しなんて必要なくて、それでも、確かな夢を宿して。

「……うん」

そうだ。その通りだ。想像するだけならタダ、だ。

どんな夢見たって、それは自由だ。叶えられないものだって、何なら叶えようと本気で思っていないものだって、別にいいだろう。夢見ることは自由だから。許されなくったって、できなくったって、怒られたって、馬鹿にされたって、夢見ることは、自由なんだ。

うん。夢見ることは、自由だから。

……だから僕も、絵を描いている。

「よし。じゃ、これで状況は分かったな？」

「まあ、大体は」

レッドガルドさんの話を聞いて、一通り、事情は分かった。要は、密猟者と繋がっていた闇市の人達が、逆恨みしてレッドガルドさんに危害を加えようとしてきた。オーケー。

「色々隠していたことは悪かったな。巻き込んだことも。……だが、絶対にお前だけは逃がす。詫びはそれで勘弁してくれや」

詫びも何も、僕はそんなことは気にしてない。悪いのは密猟者の人達と闇市の人達なんだし、レッドガルドさんは別に悪くない。僕が巻き込まれたことだって、彼らが密猟を続けていたら、いつかきっとどこかでは巻き込まれていたと思う。

……そういう風に僕は思ったのだけれど、その時の僕の顔を見て、僕が心配していると思ったんだろう。レッドガルドさんは僕に笑いかけてきた。

「大丈夫！　何とかするさ！　恩を仇で返すようなことはしたくねぇ」

「何とか、って……」

うーん、別に、レッドガルドさんを恨んでもいないし、お詫びも別に欲しいとは思わないんだけれど、それとは別として、この状況を『何とか』できるかは心配だな。だって、手足、縛られてるし。

……けれど、レッドガルドさんは流石だった。

「……ってことで、まずは手と足、なんとかするかな」

そう言うと、もそもそと動き始める。

「あいつら舐めすぎだろ。ははっ。ほら見ろ」

そして、もそもそした挙句、ブーツから、きらりと煌めくものを取り出した。

「ナイフだぜ」

おー。

……そんなところに隠してて、足、切らないの？　大丈夫？

「よし、大丈夫だな」

レッドガルドさんはさっさと自分の手首の縄を切ると、続いて僕の手足の縄を切ってくれた。それから、彼自身の足の縄も解く。

「ったく、やってくれやがるよなあ、こんなとこに閉じ込めやがってよ」

「これ、どうやって脱出しよう」

　僕とレッドガルドさんは二人で牢屋の様子を調べてみた。けれど、分かったことと言えば、床も壁も天井も、灰色の石でできているというくらいのことだけ。そして鉄格子は……赤錆が浮いているけれど、それだけだ。当然だけれど、素手で曲げたり折ったりできそうな代物じゃない。

……はずなんだけれど、レッドガルドさんは鉄格子に足をかけて、へし曲げにかかった。

「ふんっ……あ、駄目だこれ」

だろうな、とは思ったけれど言わなかった。彼が本当に全力を出して本気で鉄格子を曲げようとしていたのは筋肉の動きで分かったし、それを馬鹿にするようなことはしないよ。

「うーん……錠前は壊せそうにねえな。ナイフでこじ開けられそうな形でもねえし……」

鉄格子の扉には、南京錠みたいな錠前が付いている。鉄格子よりは壊しやすいかもしれないけれど、それでも……うーん、金属だし。難しいだろうな、と思う。

「これの鍵さえありゃ、脱出できそうだけどな。……トウゴ、お前、出せねえか？」

「鍵の形が分からないんだから無理だよ。大体、画材が無い」

そして僕の方はというと、これも役に立てないのだった。

鍵、というくらいなんだから、形状がちゃんとしていないと、実体化したとしても鍵が合わなくて使えないだろう。そして何より、この場には画材が無い。埃のたまった床に指で鉛筆を描いてみたけれど、駄目だった。

「あー……そうか、そういうの、要るよなあ……。くそ、悪ぃ。俺も筆記用具とか、何も持ち歩いてねえや」

「うん」

なんとなくだけれど、彼はそういうタイプに見える。なんとなくだけれど。

「えーと、お前、ああいう絵を描くのに何が必要なんだ？　やっぱり魔石の粉とかで描いてるのか？」

「え？」

そして、唐突にそんなことを言われて、戸惑う。何だろう、魔石の粉って。

「ほら、大抵の魔法使いは魔石を通して魔法を発動させるじゃねえか。俺も石使ってるし」

あ、そういえば、レッドガルドさんの『召喚獣』は、赤い石から出てくる、んだったっけ。そうか。あれが魔石か。

……まあ、多分、あれは使ってない、よね？　今のところ、僕が画材にしているものって、元の世界から持ってきた鉛筆と、この世界に来てから手に入れた土とか果汁とか草の汁とか……あとは、絵の具の絵を実体化させて出した絵の具、だし。

「ううん、普通の絵の具……だと、思うけれど……。木の実の汁とかでも、できるし」

「木の実の汁？　それ、特殊な奴か？」

「分からない。あ、あと、葉っぱで枝豆作ったりもした」

「葉っぱぁ？」

うーん……もしかしたら、あの森にあるものが何から何まで変なもの、っていう可能性もあるし、分からない。

「そ、そうかぁ……俺はてっきり、なんか特殊なモン使ってるんだと思ってたんだよな。ユニコーンの角とかペガサスの羽とか、そういう魔力が多い生き物の素材を使うとか、後は魔石を砕いて絵の具にしてるとか、そういうもんだと思ってたんだけど」

ええと……それって、どういうかんじなんだろうか。馬の羽とか角って、絵の具にできるの？角は砕いて粉にしたら、日本画の胡粉みたいに使える、だろうか……。ちょっと興味はあるけれど、でも、そういう画材を使わないといけない、っていうわけでもない。

「多分、そういうの関係ないんじゃないかな」

「そうなると……お前の魔法って、一体、なんなんだ？」

なんなんだろうね。うん、僕も知りたい……。

ということで、今のところ僕らの脱出は、手足の拘束を切ったところまでで止まっている。まあ、しょうがないよね。普通、人間は石造りと鉄格子の牢屋に入れられたら、そこから動けないよ。というか、動けるんだったら牢屋の意味が無い。うん。

「うーん……となると、後は俺が使う魔法だけか？　あ、お前、絵の奴以外に魔法、使え……ないんだったか？」

「ええと、正確には、『分からない』っていうかんじ。やったことないから」

「えええ……？」

そしてここでも僕は役に立たない。うん、ごめんなさい。でも魔法ってそもそも何なのかが未だによく分かってないんだよ。こういうことになるなら、もっとちゃんと調べておくべきだったな。後悔してる。

「あんな変な魔法使っておいて、他のはやったこと無いんだもんなあ……ええと、魔力の検査はやったことあるか？」

「……知らない。よく分からないんだ」

森の中ではそんなもの、出てきたことなかったよ。鳥も馬もそんなこと言わないし。知らないものはしょうがない。

「そ、そうかぁ、うーん、やっぱりお前って変なやつだなあ……」

「うん」

自他共に認める変なやつです。でも、僕より変なやつは沢山いるし、何なら僕の周りも大概だと思うよ。鳥とか。馬とか。あなたとか。

「……まあ、いいや。しょうがねえ。んじゃあ俺の力でどうにかするが、お前もお前で頑張れよ。自慢じゃねえが、俺は強くねえからな」

そう言うと、レッドガルドさんは……手から、拳くらいの大きさの火の玉を出した。

……魔法、というものを、僕はこの世界に来て初めて見た、のかもしれない。

いや、今までも絵が実体化したし、馬が空を飛んだし、水でできた蛇が襲い掛かってきたりもしていたけれど、それでも、こういうのは、やっぱり何かが違う。

レッドガルドさんの手の上で燃える炎は、すごく、綺麗だった。

炎って、凄く綺麗だ。赤にオレンジ、黄色になることもある。揺らめいて、形が一定じゃない。時々、炎の欠片みたいなものがふわりと上へ流れていって、途中で消えていく。見ていて飽きない。

そして何より、その光がいい。こういう暗いところで火が燃えるとオレンジ色の光が部屋中に広がって、炎の揺らめきに合わせて影が揺れる。あったかくて、ゆらゆらして、落ち着くような、元気が出るような、そんなかんじだ。それがすごくいい。

「……お前、そんなに見るなよ。恥ずかしいだろ」

「え、あ、ごめんなさい」

あんまり見ていたからか、レッドガルドさんに少し気まずい顔をされた。彼にとってはこういう魔法って、人に見せるのが恥ずかしい、のかな。でも、うん、もう少し見ていたい。これを描くのは難しそうだけれど……うん。いつか、ちゃんとこれ描きたい。

レッドガルドさんが出した火の玉は、ふわ、と浮き上がると、そっと扉の前に出ていって……そこで、錠前を熱し始めた。

「……何してるの？」

「熔かそうとしてる。いや、俺がもうちょい強けりゃ、石壁ぶち破って出られたんだろうけどさぁ……現実的に考えて、無理だろ」

うん。この火の玉をぶつけても、石の壁を壊すのは多分、無理だ。

「だから一番可能性が高そうなところを攻めてみようと思ってな」

成程、理に適ってる。

……けれど、鉄が熔ける温度って、千二百度くらいじゃなかったっけ。この火で足りるんだろうか？

「後は……ま、こっちは獲らぬユニコーンの角算用、だけどな。ちょっと考えてることはあるぜ」

でも、レッドガルドさんは考えていることがあるらしい。うん、なら、僕は僕でできることをしよう。

とは言っても、画材が無い僕にはこの場を打開するすばらしい作戦なんて立てようが無いので、地道に床と壁を調べることにした。……どこかに抜け道とか、脆くなってる部分とか、無いかな、って思って。

床の土埃を丁寧に払って、石材と石材の隙間を一つ一つ見ていく。けれど、石材の角が欠けているのを見つけたくらいで、後は何も見つからなかった。まあ、抜け道がある牢屋になんて、人を閉じ込めておかないよね……。

もし、床や壁の石が外せたり、抜き出したりできるようなら助かったんだけれどな。いや、ここの石材、一つ一つが大きすぎて、僕の力じゃ動かせないかもしれないけれど。

それでも何とか、何か無いかな、と思いながら床と壁を見ていた。レッドガルドさんはずっと、牢屋の錠前に火の玉を添え続けていた。

……そんな時だった。

ギギギ、と、木の扉が軋むような音が、聞こえてくる。……そして。

「……ん？　なんだ？　光がある」

「おい、まさかあいつら、起きたんじゃねえだろうな……」

人の話し声が、聞こえた。

それに続いて、足音が聞こえてくる。

……どうしよう。誰か、来る。

どうしようか、と、思った。縛られているふりをするべき？　それとも開き直っていくべきだろうか？　……僕が迷っている間に、レッドガルドさんは多分、同じように迷った。そして……彼の方が、行動が早かった。

彼は鍵を燃やしていた火の玉を引っ込めると、それを牢屋の床の上、落ちていたロープへ飛ばして焼き焦がした。要は、僕らの手足を縛っていたロープは、ナイフで切られたんじゃなくて、一部を燃やして落としたような形状になったってことだ。

「隠しとけ」

更に、レッドガルドさんはそう囁いて、僕の服の裾をペロンと捲り上げて、僕の背中側、ズボンのベルトと背中の間にナイフを突っ込んで隠す。一瞬、背筋がひやっとしたけれど、そうも言っていられない。

「おい、お前ら、何してる！」

……牢屋の前には、三人の人がやってきていた。

その途端、レッドガルドさんが動いた。

ゆっくりと鉄格子へ近づいていって、それから両手を広げてひらひらさせて見せる。

「面倒な……縄脱けしやがったか」

「おう。悪ぃな。折角縛ってくれてたみたいだが、ロープならこの通り燃やさせてもらったぜ。縛っときたかったなら、まともな手枷くらい用意しておけよ。それとも何？　お前ら、よっぽど金がねえとか？」

「で？　何の用だ？　やっと俺達をここから出す気になったか？」

挑発気味な言葉を投げかけながら、レッドガルドさんは鉄格子の向こうの人達を睨みつける。

「ああ、そうだよ。テメエには聞かなきゃならねえことがあるからな。殺す前に情報を吐いてもらうことになった。上で準備はもうできてる」

……鉄格子の向こうの人の一人が、その手に持っていた何かを動かして見せる。

それは……ペンチ、みたいな。そういう道具だった。

……その道具、何に使うんだよ。一体何をするつもりなんだよ。上で準備はできてる、って。殺す前に情報を吐いてもらう、って。……考えれば考える程、厭な想像ばかりできてしまう。

もしかして、僕は考えが甘かっただろうか。ここから脱出できなかった時にどうなるかなんて、考えていなかった。

「へえ、そうかよ。ま、出す気になったってんならありがてえな。ついでに五体満足で帰してもらえると非常にありがてえんだがなぁ？」

「ビビってんのかよ。情けねえな。流石、無能のお貴族様は言うことが違え」

鉄格子の向こう側で笑い声が響く。レッドガルドさんも、それに応えるように笑う。いつものにやり、じゃなくて、にっこり、と。……そして、鉄格子の鍵が開けられるのを大人しく待った。

そして。牢屋の外の人の内一人が、屈んで、鍵を片手に、もう片方の手で錠前に触れて……。

じゅ、と。

「熱っ!?」

一瞬遅れて、悲鳴。……そうか。ずっと熱せられていた錠前に不用意に触ったから、火傷したんだ。火傷した人の手から、チャリン、と、鍵が床に落ちる。それと同時に、残り二人が殺気立った。

「てめえ、何をっ……うわっ!?」

でも、すぐに続いて火の玉が二つ、それぞれの人達へ飛んだ。……牢屋の人達二人の、顔面に向けて。

流石に顔面に火をぶつけられて、徒では済まない。二人とも、目元を押さえて叫び声を上げる。

「……の野郎っ！」

そして、最初に錠前で火傷した人が、鉄格子越しに殴りかかってきた。……でも、レッドガルドさんへその腕が届くよりも先。レッドガルドさんは長い脚を器用に鉄格子の間から突き出して、その人の鳩尾を突くように蹴った。

「よっしゃ！　鍵だ！」

牢屋の外で三人の人が蹲っている前で、レッドガルドさんは鉄格子の隙間から手を伸ばして鍵を拾った。

「待ってろよ、トウゴ。すぐに開けるからな！」

「え、あ、火傷」

「そいつは問題ねえさ」

レッドガルドさんはそう言ってにやりと笑うと……何事もなく、錠前に触って、鍵を差し込み、鍵を外した。……牢屋の扉が、開く。

「ま、無能無能と言われるけどよ。火には多少、強いんだ。……ってことで、行くぞトウゴ！　脱出だ！」

レッドガルドさんが僕を振り返って、にやりと笑った。

……その時だった。

透明な何かが、飛んできた、んだと思う。

その透明な何かは……牢屋を出たばかりのレッドガルドさんの脇腹を切り裂いていった。

ぱっ、と、血しぶきが飛ぶ。それを見て僕が思い出したのは、天馬が羽を切り落とされる時の様子だ。あの時も、真っ赤だった。血が零れて、飛び散って、真っ赤だった。

「っのやろ……！」

レッドガルドさんはお返しだ、とばかりに火の玉を飛ばしたけれど、直後、今度は透明な大蛇が襲ってきて、レッドガルドさんに噛み付く。

「レッドガルドさん！」

咄嗟に出た声に、返事はない。大蛇に噛み付かれて、レッドガルドさんはただぐったりとしたまま、天井近くまで持ち上げられた。

「全く、随分と暴れてくれたようだ。余程痛めつけられたいらしい」

そこへ、足音と人の声がやってくる。……水の大蛇といい、この人の声といい、現れた人のフードを目深に被った様子といい、覚えがある。最初に僕を捕まえたのも、この人とこの蛇だった。

「て、め……」

レッドガルドさんは、自分の足元にまでやってきたその人を睨む。けれど、フードの人はそれをせせら笑うだけだった。

「安心しろ。まだ殺しはしない。……その内お前から殺してくれと頼むようになるだろうがな」

フードの人はそう言って……ちらりと、僕を見た。まだ牢屋の扉の所に居た僕を見て、その人はまた笑う。

「そんな顔をしなくていい。お前も殺しはしない。傷もつけないでおいてやろう。どうやらお前は使えそうだからな。可愛がってやるとも。……勿論、お前が大人しくしているなら、の話だが」

いっそ優しい声でそう言って……それから、一気に低く冷たく変えた声で、こう続けた。

「痛い思いをしたくなければ、そこで大人しくしていろ」

また、牢屋には錠が掛けられた。

足音と、大蛇が這いずる音が遠ざかっていく。そして最後に、ギギ、と木の扉が軋む音がして、それから、バタン、と扉が閉まる音がして、それきり。

……静かになった。

現実味が無い。何が起きたのか、よく分からない。

けれどこれは現実だ。床に零れたレッドガルドさんの血が、ここで起きたことを証明している。

彼は大怪我をした。そしてそのまま連れていかれた。絶対に悪い事が起きている。絶対にあっちゃいけないことが、多分、起きている。

……僕はどうすればいい？

どうにかしたいのにどうにかする方法が何も思いつかない。僕の視界に映るものは血の赤なのに、頭の中は只々真っ白だ。何もかもが怖い。今レッドガルドさんに起きているかもしれない何かが怖い。怖いのに考えるのをやめられない。分からない。僕はどうすればいい？　どうしたらこのどうしようもない最悪な事態を全部ひっくり返せる？　全部なかったことにしたい。なかったことにしたいのに、それを作るには、何もかもが足りない。

『痛い思いをしたくなければ、そこで大人しくしていろ』。言われた言葉が、低く冷たい声が、耳の奥で木霊している。

怖い。『痛い思い』は怖い。絶対に嫌だ。けれど。けれど！

……けれど。

全部都合よくひっくり返したいから。

どうにもならないことをどうにかしたいから。

一欠片でも可能性があるから。

夢見ることは自由だから。

この世界では、きっと、それが許されるから。

「そうだ。……僕は、死んでも、描くのを、やめない」

僕は、そういういきものだから。

キャンバスはこの床。絵筆は僕の指。絵の具は……血でいい。零れたレッドガルドさんの血を指にとって、描き始める。

何を描くかは、もう決まっている。

竜だ。

竜を描こう。血の色の竜。血の色で、炎の色で……レッドガルドさんの色の。緋色の。そういう竜を、描く。

グレーの石の床の上に、血で濡れた指を滑らせる。血が延びていって線になる。掠れた部分で明暗がつく。それが集まって、大きな竜の姿を作っていく。

参考にするのは、さっき見せてもらったレッドガルドさんの家の紋章。そこにあった竜の姿。それから僕の想像の中にある『ドラゴン』の姿と、それからあと、馬。

四本足の生き物の関節。体躯。皮の下にある筋肉と骨のかんじ。僕の中にある全ての知識と全ての想像のありったけを使って、赤い竜を描いていく。

竜なんだから翼がある。鱗があって、牙が鋭い。角があって、尻尾が長くて、それから、紋章にあったみたいに、吹いた炎を抱いている。がっしりとした骨格。それでいてしなやかな体形。……ああ、そうだ。きっと空を飛んだらすごく綺麗だ。青空に赤が映えて綺麗だろう。夕焼け空にはぴったりかもしれない。雨の夜を飛ぶ時はきっと、炎を吐き出して空を明るくしてくれる。

そんなイメージをどんどん頭の中で組み立てながら、それを床の上に反映させていく。

「あ……」

けれど、途中で血が足りなくなった。床に落ちていた分はもうほとんど全部使いきった。

でも問題ない。絵の具が足りない？　だったら出せばいい！　赤い絵の具は、僕のこの体の中にだって流れているんだから！

レッドガルドさんが預けてくれたナイフを使わせてもらう。左腕の内側に思い切ってナイフの刃を滑らせれば、熱いような痛みの後に、赤い絵の具が溢れ出てくる。僕は早速それを使って、絵の続きを描き始めた。

痛みは僕を邪魔しなかった。痛みよりももっとずっと大きなものが、僕を突き動かしていたから。

それは多分、焦りだったし、恐怖だった。でもそれ以上に、理想だったし、可能性だったし、希望だったし……まだ名前の無い衝動だった。

描かなきゃいけない。描かないときっと怖いことになる。

描かなきゃいけない。この状況をひっくり返せるかもしれないんだから。

描かなきゃいけない。僕は、そのために生きている。

「……楽しい！」

楽しい。絵を描くのは楽しい。

気づけば僕は笑っていた。恐怖以外のものが、僕を突き動かしていた。

笑いながら、赤い絵の具を作り足して、それを指で床に擦り付ける。

竜が完成していく。僕の頭の中にしかいない竜が、この世界にやってくる。

最後。

僕は、レッドガルドさんの血の最後の一滴を掬い取って、竜の瞳孔を描き切った。


描き切った途端、一気に体から力が抜けて、僕は床の上に倒れた。

ずっと集中していたからか、心臓がおかしい。呼吸もおかしい。目の前がちかちかする。頭がぼんやりする。指先が冷え切って、震える。寒い。……なのに汗が流れる。

僕は折角描いたばかりの絵に汗が落ちないように、手でそれを受け止めようとして……気づいた。

床に、絵が無い。

一瞬で、視界が明るくなった。

凄まじい音。そして、降り注ぐ石の破片。それらを照らす光は、炎の色。

倒れた僕の頭上で、咆哮が響く。吐かれた炎が、辺りを照らす。

……見上げた僕を見下ろす瞳は、どこまでも赤く温かい血の色だ。

突き破られた天井。見上げた空は漆黒。

そして漆黒の空の下、翼を広げ、空に吼え、月より明るい炎を吐く……緋色の竜が、ここに居た。

竜は、じっと僕を見ていた。僕は体を動かせなかったから、目だけ動かして、竜を見上げる。

……竜は、ぐっと身を屈めて、僕に顔を近づけた。その顔を覆う鱗の一枚一枚も、大きな口も、その隙間から見える牙も、何より、僕に向けられる鋭い眼光が。全部、すごく綺麗だ。

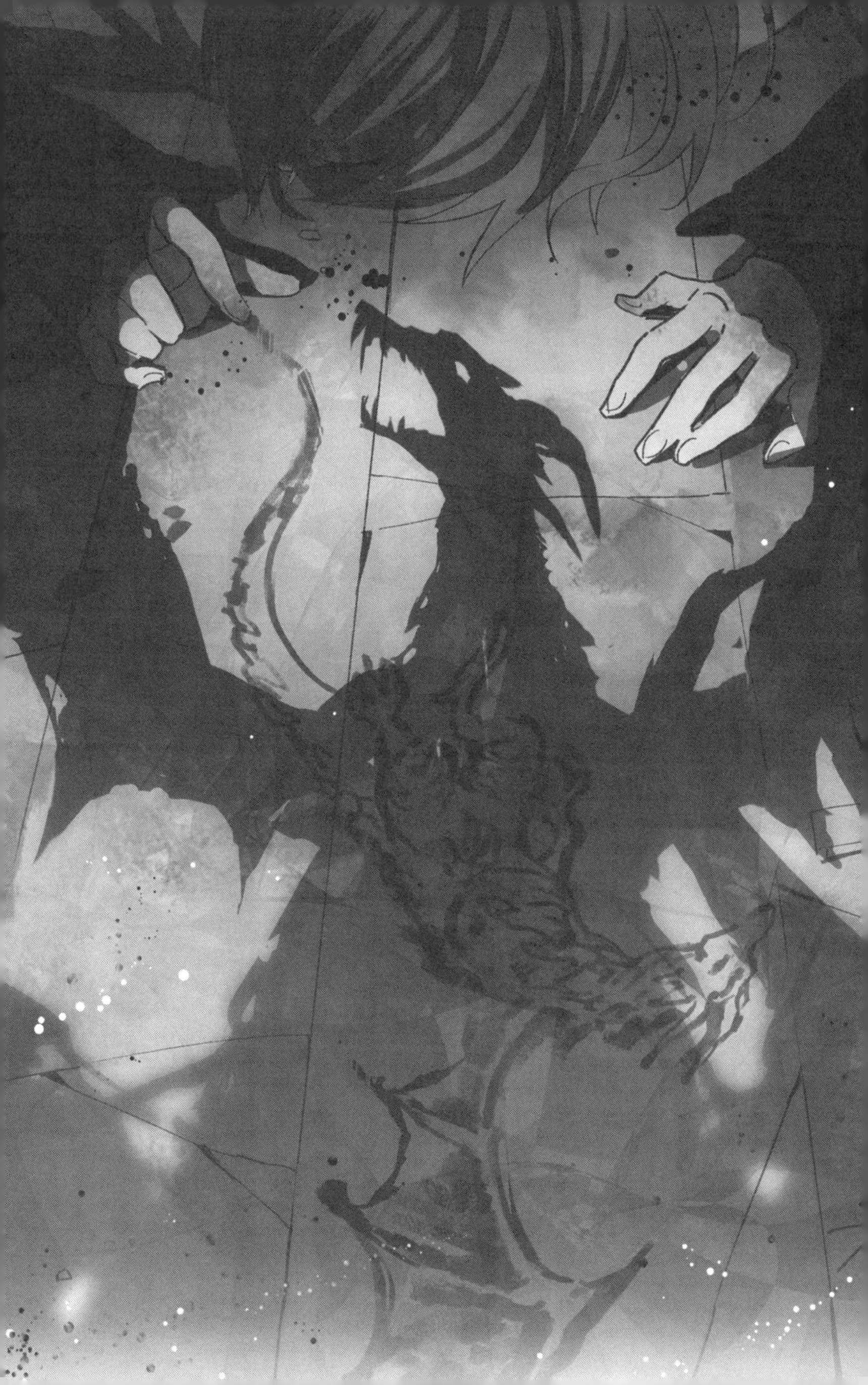

「……ようこそ」

僕の声を聞いた竜は、少し不思議そうに僕を見つめた後……真っ赤な舌を出して、ぺろ、と、僕の頬を舐めた。くすぐったい。

竜の向こう側から人の騒ぎ声が遠く聞こえてくる。急に大きな竜が現れたんだから、さぞかし驚いていることだろう。そう考えると、少し楽しい。

「ねえ、向こうの、声の方。助けてほしい人が、居るんだ。君みたいな色の……」

間近にある竜の瞳を見つめながらそう口に出してみたら、竜はまるで『分かっている』とでも言うかのように瞬きして……次の瞬間、飛び立った。

竜が飛び立った直後すごい風が巻き起こって、僕は目を閉じた。

それから風が収まって、もう一度目を開いた時……竜は、少し離れたところの上空で、水の大蛇に向かって炎を吐いていた。

……これならきっと、大丈夫だろう。そう思うと途端に、安心して……どんどん体から力が抜けていく。でも、心地いい脱力感だった。やりきって、達成感でいっぱいで、それから、楽しい。

「……楽しい、なあ」

やっぱり、絵を描くのは楽しい。

僕はそう思いながら目を閉じた。

＊緋色の親友

目が覚めたら、ベッドの上だった。けれど、僕のベッドじゃない。……どこだろう、ここ。

天井を見ると、柔らかい白の天井と、そこに備え付けられた小さくて素朴なシャンデリアが見えた。ちょっと横を向いて目に入った壁は、柔らかい白と少しくすんだ赤、それから落ち着いた金色でできた幅違いの縦縞。うん。見たことが無いお洒落な壁紙だ。

……本当にどこだろう。

起き上がろうとしたら体に力が入らなくて起き上がれなかった。ちょっとは頑張ったけれど、びっくりするほど体が重い。

重い体が沈む先は、ふかふかのベッド。……すごくふかふかだ。体が沈んでいるかんじがすごい。僕にかかっている布団もそうだ。すごくふかふか。ブランケット一枚で大体寝ている僕としては、ちょっとこれは……なんというか、却って落ち着かない。

動けないなりにもぞもぞやっていたら、突然ガチャリ、と音がする。

「……ん？　トウゴ、もしかして起きた⁉」

そこに居たのは……レッドガルドさんだった。

「体は大丈夫か？　痛むところは？　動けるか？　あ、俺のこと分かるか？　ここがどこかは？」

レッドガルドさんは僕にすぐ近づいてきて、一度に沢山聞いてきた。うん、一気にそんなには答えられない。

……それに、僕のことより、気になることがある。

「その傷……」

レッドガルドさんは、顔の半分……左目のあたりに、包帯を巻いている。それに、片方の手も包帯でぐるぐる巻きになって三角巾で吊ってあるし……。

「ん？　ああ、まあ、大したこたねえよ。で、お前は？」

「うん……体が重いけれど、元気だと思う。ここはどこ？」

「俺んちの客間。運ばせてもらったぜ」

……そっか。ここ、レッドガルドさんのお家、なのか。確かになんとなく、部屋の中の空気というか、そこに漂う匂いというかが、そういうかんじがしないでもない。

「あの後、どうなったの？　その怪我は？　それから、竜は？」

「まあまあ落ち着けって。……とりあえずこれ飲め」

僕はレッドガルドさんに支えられて、上体を起こした。座っているのも少し難しかったけれどそこは頑張った。そして、背中の後ろにふかふかのクッションを入れてもらって、寄りかかれるようにしてもらえたので、クッションに半分埋もれるみたいにして座ることになった。

そこで僕は飲み物が入ったカップを渡されて、それを両手で持ちながら中身を飲む。中身は果物のジュースだった。甘くておいしい。元気になる味だ。

「美味いか？」

「うん」

「そっか。ならいいや。いや、お前さ、あんまり顔に出ねえから……」

……そうだろうか。自分では割と、出ちゃうタイプだと思っているのだけれど。

「とりあえず、あの後、っていうのは多分、レッドドラゴンが出てきてからのことだよな？」

「うん」

レッドドラゴン、っていうのは、僕が血で描いた、あの緋色の竜のことだろう。やっぱりあれ、夢じゃなかったよね？

「あれ、やっぱりお前が出したのか？　突然現れたからな、俺も闇市の連中も、全員びっくりだぜ」

「うん。描いた」

僕もあれは、びっくりした。本当に出てくるとは思って……いや、思ってたのかな。そうかもしれない。よく分からないけれど。

「……あのレッドドラゴンが、全部ひっくり返していった」

レッドガルドさんはそう言って、ベッドの横に椅子を出してきて座った。

「あんまり細かいこと言うのもアレだから結論だけ言うとな、とりあえず何とかなったぜ。この通り俺はお前を連れて脱出できたし、闇市の連中はぶちのめせた。何なら、レッドガルド領に蔓延る悪を一網打尽にできたっつってもいいぐらいだ。俺も……まあ、ちょいと痛い目は見たけどな。この通り生きてる」

レッドガルドさんはそう言って笑うけれど、彼の様子は見ていてとてもじゃないけれど笑えない。

「あの……それ、目は」

「うん。片方だけな」

「手は」

「指が数本。あと骨な。まあ、死なかっただけ安い。それにお前は無事だったからそれでいい」

……見ているだけで痛くなってくる。僕が無事だからって、そんな笑顔、浮かべないでほしい。僕はそんな顔する気になれない。

「おいおい、トウゴ。そんな顔するな。俺にとっちゃ、俺のせいで俺じゃない奴が無事じゃない方がよっぽど問題なんだよ」

「……僕だってそうだよ」

抗議の意を込めてそう言うと、レッドガルドさんはなんだか嬉しそうにへらへら笑う。……そして。

「あとは……まあ、片目と傷と指と骨ぐらいの価値はあったぜ。見てな」

レッドガルドさんは僕のベッドに乗り上げると、僕の先にある窓を開ける。そして、窓の外に向かって、ヒュイ、と、口笛を吹くと……窓の外で羽音が聞こえる。

バサバサ、と、大きなシーツをはためかせるような音が響いたと思ったら……窓の外に、緋色の竜が覗いた。

「見てくれ、トウゴ！　……俺の召喚獣の、レッドドラゴンだ！」

興奮気味にそう言うレッドガルドさんの言葉を聞いて、彼の輝く表情を見て、窓の外の緋色の竜を見て……召喚獣、という言葉を、頭の中で反芻する。

「召喚獣……ドラゴンが、召喚獣に、なったの？」

「おう！　びっくりだろ⁉　びっくりだろ⁉　俺もびっくりしたぜ、本当に！」

……うん。びっくりした。

僕が描いた竜が絵から出てきて、それで、レッドガルドさんを助けて、更に、彼の召喚獣、になったらしい。

つまり……レッドガルドさんの夢が、叶ったんだ！

「それは……よかったね。おめでとう。夢、だったんだよね」

「おう！　叶った！　まさか叶うとは思ってなかったもんが叶っちまった！　全く、夢みたいだぜ、本当に！　……な！」

レッドガルドさんが窓から手を伸ばすと、緋色の竜が首を伸ばして、伸ばされた手に頬ずりし始めた。大きな竜だから結構怖い見た目なのだけれど、目を細めて擦り寄ってくる様子は何だか、ちょっとかわいい。

……ん？　あれ？

ええと……なんだか、変だ。緋色の竜は、窓から首を突っ込んできて、大人しく撫でられている、けれど……こいつ、こんな大きさだったっけ？

「もしかしてその竜、小さくなった……？」

「え？　そうか？」

うん。絶対に縮んだ。だってこいつ、天井突き破ったわけだし。こんな、自動車くらいの大きさじゃなくて、数階建ての建物ぐらいはあったと思うんだけれど……。これだと、泉に水浴びに来る巨大な鳥の方がちょっと大きいぐらいだと思うんだけれど……。

「うーん……もし縮んだっつうんなら、あれかな。魔力不足。ほら、俺が契約主だとさ、どうしても魔力は足りねえだろうし」

あ、そういうのあるんだ。……レッドガルドさんはちょっと申し訳なさそうな顔してるけれど、でも、僕はこの竜、これくらいのサイズの方がかわいくていいと思うよ。

「早く、媒介にできるような良い魔石、見つけてやらねえとなあ……いや、魔石無しでも契約してくれたんだから、本当に、俺のこと気に入ってくれたんだなあ、お前。ありがとうな」

レッドガルドさんはそう言いながら、竜の首を撫でてやっていた。すると竜は、きゅー、と鳴いて、また嬉しそうにするのだった。……うん。よかった。レッドガルドさんは緋色の竜を喜んでくれているし、竜自身も、レッドガルドさんにすっかり懐いているようだし……。

……何より、きらきらした表情で嬉しそうにしているレッドガルドさんを見ていると、ああ、よかったな、って、思う。彼の怪我については、その、全くよくないけれど。でも……。

……僕だって、絵を描くために昼食を抜いたり寝るのを忘れたり、するから。気持ちは、分かるんだ。

夢の為に自分を犠牲にしても構わない、っていう気持ちは、僕の中にもあるものだから。だから、今のレッドガルドさんの気持ちは分かるつもりだよ。取り返しのつかない怪我をしたって、それがどうでもよくなるくらい嬉しいことだって、分かる。彼にとってのドラゴンは、きっと、僕にとっての絵なんだ。

だから、『おめでとう』だ。レッドガルドさんの怪我を見ていると、到底、そんなこと言うべきじゃないような気がしてしまうのだけれど……それでも。彼と同じく、夢の為に体の一部ぐらい犠牲にしたって構わないと思ってしまうタイプの人間として。

僕は、彼の夢が叶った事を、お祝いしたい。

「まあ、そういうわけで……こっちは大丈夫だ。後はお前だけ目が覚めれば、それで全部よかったんだ」

レッドガルドさんはそう言って、僕の肩をぽんぽん叩いた。前に背中を叩いた時みたいに痛くない。気遣ってくれているらしい。

「ほんとによぉ、お前、全然起きねえもんだから……」

「全然？　ええと、僕、どれぐらい寝てた？」

「十日」

……ああ。うん。そうか。道理で体が変だと思った。十日も寝たままだったら、こうもなるよね。うん。

「……起きてくれてよかったぜ。本当に」

多分、たくさん心配をかけてしまった。それは本当に申し訳ないし、十日の間に後片付けを全部任せてしまったのも申し訳ない。

「ま、そういうことでお前が心配することは何もねえよ。お前もまた森に帰るにしろ、体調が戻るまではここでゆっくりしていってくれ。お前は俺の命の恩人だからな」

けれど、沢山申し訳ない僕にレッドガルドさんはそう言って笑う。更に、僕の頭を軽く叩くみたいに撫でた。

……僕が彼の命の恩人だというのならば、彼も僕の命の恩人なのだ。

レッドガルドさんは、ずっと僕を庇ってくれていた。僕が人質に取られてすぐ、召喚獣の宝石を捨ててしまったし、僕に手出しさせないようにずっと頑張ってくれていた。牢屋の中でもそうだった。ナイフを僕に預けたのは、彼自身の身よりも僕を優先してくれたからだ。

……僕が居なければ、彼一人ならば、もっとうまくやれていたのかもしれない。こんな怪我だって、しなかったのかも。それでも彼は、僕に恨み言一つ言わない。それどころか、お礼を言って、笑ってくれる。

それは……夢が叶ったっていうところを考えたって、その、申し訳ない。

そんな時だった。部屋のドアが、ノックされる。

「開いてるぜー」

そして、僕より先にレッドガルドさんが返事をすると、ドアが開いて……人が二人、入ってきた。

「ああ……君がトウゴ君だね。よかった、目が覚めたんだね」

一人目は、レッドガルドさんより少し年上に見える、若い男性だ。

レッドガルドさんよりも金色に近い髪は腰ぐらいまで長くてサラサラしている。この世界だと男性の長髪って珍しくないのかもしれない。レッドガルドさんも少し長めだし。それから、赤っぽい瞳もこの世界だと珍しくないのかな。目の前の彼は、薔薇色の瞳をしている。レッドガルドさんの目に似た色だ。

……そして、目の前の彼は、レッドガルドさんよりも物腰が柔らかで、ああ、大人の人だな、というかんじがした。

「突然で驚かせたかな？　すまないな」

そして二人目は、壮年の男性。茶色に近い髪に、暗い赤の目。頑健そうな体つきといい、どっしりとした雰囲気といい、頼り甲斐のあるかんじがする。

この人達は、レッドガルドさんのお兄さんとお父さん、なんだろう。

「ヴァン・ミリオ・レッドガルドだ。レッドガルド領の領主であり、今回、君に助けられたフェイ・ブラード・レッドガルドの父でもある」

「あ、どうも、あの、上空桐吾、です」

僕は二人の大人を前にして、気を付け、の姿勢をしたかったのだけれど、生憎体は動かない。なのでベッドに座ってクッションに埋もれたまま、なんとか頭だけ少し下げることにした。……これ、失礼じゃないだろうか。心配だ。

「私はローゼス・ルフス・レッドガルド。フェイの兄にあたる。今回は弟が迷惑をかけたね。君まで巻き込んでしまったようで……」

そして、レッドガルドさんのお兄さんはそう言って僕に申し訳なさそうな顔をするのだ。

「いいえ、僕が迷惑をかけたんです」

慌てて、僕はちゃんと訂正した。そこを間違えてもらっては困る。

「レッドガルドさんが、僕を助けてくれたんです。だから……」

「そうかもしれないな。確かに、弟は君を助けたんだろう。こいつはそういう奴だから」

けれど、訂正の途中でお兄さんはそう言って……それから、レッドガルドさんによく似た笑い方で、笑ってみせてくれた。

「だが、弟が生きて帰ってきたのは君のおかげだと聞いている。君は弟に助けられたし、そして、弟は確かに、君に助けられたんだ。本当にありがとう」

「君の体調が戻るまで……いや、何ならその後も、是非ゆっくりしていってくれ。本当にありがとう。君の勇気に心より感謝する」

更に、お父さんの方もそう言って、布団の上の僕の手をぎゅ、と握って、やっぱり笑ってくれるのだ。

……不思議だった。どうして彼らは、笑ってくれるんだろうか。

「……あの、怒らないんですか」

「え？」

「僕が居なければ、レッドガルドさんは、こんな怪我、しなくて済んだかもしれないのに」

どうにも胸の奥で色々とつっかえて、言葉がうまく出てこない。けれど、僕は……怒られる、ような気がしたし、嫌われる、ような気もしていた、んだと思う。或いは、怒ってほしかったのかもしれない。

誰かが怪我をしたら、その時一緒に居た人が、責められる。怪我した本人が気にしていてもいなくても、そういうものだ。特に子供が怪我をしたなら、その親は、絶対にそうするものだ。

それが当然だと、思って、いたのだけれど……。

「うーむ……怒ると言ってもな。君が居なかったらフェイは多分、死んでいただろう」

そうアッサリと言って、レッドガルドさんのお父さんは困った顔をする。

「君が居たからこの程度で済んだんだ。命があるに越したことはない。傷の一つや二つは名誉の負傷だと割り切ることもできる。伝でいい薬が手に入りそうなんだ。もしかすると、目は難しくても、指は戻せるかもしれない」

「本当ですか」

薬。そうか、そういうのがあるのか。この世界は確かに異世界だから、そういうのがあってもいいとは思うけれど……。

そっか。それなら、少しだけ、希望が持てる。多分彼らも、希望を持っているんだな。

「だが、命が失われては、そうもいかないのだ。……だから、君のせい、ではない。君のおかげ、なのだ。それの、どこをどう怒ればいいのか……感謝こそすれ、怒る、だなんて」

……でも、こう言われてしまうと、困る。

なんだか……変なかんじがする。僕が思っていたのと全然違う言葉が出てきて、目の前の『家族』は、皆、優しくて、あたたかくて、なんというか……うん、僕は多分、戸惑っている。

「君も無事でよかった。目を覚ましてくれてありがとう」

更に、そんなことまで言われると……なんだか、どうしていいのか分からない。

……こんなに良くしてもらって、温かい言葉をかけてもらって、誰も僕を責めない。それが酷く落ち着かない。

更に、こんなに穏やかで温かな優しい家族が揃っているのを見て、なんとなく、場違いなかんじがしてしまう。ここに居るのが余計に申し訳なくなるような。

僕は……僕は、どうしたらいいんだろう？


それからレッドガルドさんのお父さんとお兄さんは、しっかり僕と握手して、そっと部屋を出ていった。僕は病み上がりなのだから、あんまり緊張させたらかわいそうだ、と判断してくれてのことらしい。そこまで気を遣ってくれるのか、この人達。

「……ま、そういうことだ。俺からももっかい言っとくけどよ。本当にありがとうな。お前のおかげで助かった」

そして、部屋に残ったレッドガルドさんもそう言って、それから彼も部屋を出ていこうとする。

「じゃ、とりあえず寝てろ。飯は部屋に運んでもらっとくからな」

「あの、僕」

「ん？」

部屋から出ていこうとするレッドガルドさんの服の裾を掴まえる。僕は思っていることをすぐに言葉にできなくて、でも、レッドガルドさんはそんな僕を待ってくれて……。

……そうしてようやく言葉を選び終わった僕は、頼んだ。

「……僕の体がちゃんと動くようになったら……その、あなたの絵を、描かせてもらっても、いいだろうか」

「……絵？」

「うん。絵。肖像画」

突拍子もないお願いだ。それは分かってる。でも、どうしても、描きたい。望んでもいいなら、僕は、僕にできることをしたい。

……そしてどうやら、レッドガルドさんは僕の突拍子もないお願いを、気にしないでくれたらしい。

「俺の？　んー、まあ、別にいいけどよ」

レッドガルドさんはきょとん、とした顔をして……それから、ちょっと照れたみたいな、それでいてちょっと痛ましい笑顔を浮かべた。

「どうせ描いてもらうんだったら、怪我する前にやってもらっときゃよかったぜ」

……気にするな、と言ってくれたけれど。レッドドラゴン、と言うらしいあの緋色の竜が懐いたからそれでいい、とも言ってくれたけれど。けれど、彼が、彼の怪我について、何も思わないはずはないんだ。絶対に、辛いはずなんだ。……でも、彼はやっぱり、そんなことは何も言わない。

「ま、いいや。描くんならとびきりカッコよく頼むぜ！　三割増しくらいで！」

「……うん」

成功するかは分からなかったから、変に期待を持たせるようなことは言わなかった。けれど……馬の角や羽が治ったんだから、この人の目や指も、戻せると、思う。

……戻したい、と、思う。この、美しくて、気高くて、優しい人を。


その日から僕は本気でリハビリに取り組んだ。体を動かせるようになって、指先を、腕を……つまり、筆を思った通りに動かせるようになるまで、必死に体を動かす。多分、人生の中で一二を争うくらい一生懸命体を動かした。

「おいおいおい、あんまり無理すんなよ？　お前、十日も寝たきりだったんだぜ？」

「うん」

「あんま無理すんなって。森に早く帰りたい気持ちは分かるけどよ……」

「うん。早く描きたいから」

「……あ、そっちか」

早く描きたい。この人を描きたい。治せるかは分からないけれど、それでも、怪我をしていない、元気な状態のレッドガルドさんを描きたい。描くことでなんとかなることがあるのなら、描きたい。

……僕がそう思いながら、体を動かしていると。

「はぇー……お前、本当に絵、描くの好きなんだなあ」

レッドガルドさんは、そう言って感心したみたいにため息を吐いた。

……そうか。

なんというか、改めて思うのも、変なかんじではあるのだけれど……うん。僕は、本当に、絵を描くのが、好き。絵が実体化するのも、絵が実体に反映されるのも、居ないはずの生き物を生み出してしまえるのも、全部置いておいても……うん。好きだ。

好きなんだ。僕は、絵を描くのが。そうだった。思い出した。

「……うん。好き」

僕が頷いて答えると、レッドガルドさんは……。

「おお、トウゴが笑った！」

そう言って、なんだか嬉しそうにするのだ。

「お前、いっつもそういう顔してろよ。いつものむすっとした奴じゃなくてさあ」

むすっとしてるだろうか。あんまり自覚はない。けど……うん、まあ、これからも好きなだけ好きなように絵を描いていていいのなら、多分、僕は『そういう顔』ばっかりになってしまうだろう。きっと。


それから体が戻ってきて、僕は絵が描ける体調になった。

そこで一度、レッドガルドさんと一緒に森へ帰ることにした。僕の画材を取りに帰るためだ。

「よし。じゃあお前はそっちな」

……そして僕は早速、困っている。

「あの……これ、何？」

「ん？　俺の召喚獣だ」

僕の目の前には、炎でできた狼がいる。

狼は僕よりも大きい。そして、レッドガルドさんはもう一頭の狼に乗っている。

「ああ、大丈夫だぜ。こいつら俺が乗っても普通に走れる。トウゴはどう見ても俺より軽いし、心配要らねえよ。大体こいつら、火の精だからな」

熱くないのかな、と思いながら、そっと、炎の狼の背中に触れてみると、ふわ、と、毛皮じゃなくて、もっと軽い何かの感触がした。それから、あったかい。うわあ、触り心地がいいなあ。

「そいつらにはトウゴのことはちゃーんと言って聞かせてあるからな。大丈夫だ」

「……うん」

僕は思い切って、炎の狼の上に乗らせてもらった。

すると、思っていたよりもずっとしっくり乗ることができたのだ。……どうやら火の精が、僕に合わせて形を変えてくれているらしい。道理でジャストフィットするわけだよ。

「よし！　じゃあ、あんまり飛ばすわけにもいかねえけど、のんびりいこうぜ。のんびり」

そして僕が炎の狼に乗るや否や、レッドガルドさんがそう言うと……狼二頭は、すごい速度で走り出した。

二時間しないくらいで森についた。……多分、『あんまり飛ばすわけにもいかねえ』速度だったんだろうな。でも僕には速すぎたよ。うん、ちょっと、ちょっと疲れた……。

「お。お前ら久しぶりだな！」

そして、森の家に着いたら、そこには……馬が沢山居た。一角獣も天馬も、皆で僕に寄ってくる。

「ほら、約束通りだ！　ちゃんとトウゴは連れて帰ってきたぜ！」

レッドガルドさんがそう言うと、天馬が彼を羽でぱたぱた撫でていった。多分あれは、『よくやった』みたいなかんじだ。

「ただいま」

僕も馬達に挨拶すると、馬達はますます僕に寄ってきた。……ぎゅうぎゅう押されてちょっと苦しい。あと、羽や尻尾でくすぐられて、ちょっとくすぐったい。

「おー、大人気だなあ、トウゴ」

「んー……ちょっと退いて。画材、取ってきたいんだ」

とりあえず馬達にはなんとか退いてもらって、僕は家の方に戻る。画材が入った鞄を持って戻ってくると……そこでまた馬に囲まれる。

「あの、ちょっと」

僕が抗議の声を上げても、馬は退いてくれない。全然、退いてくれない。しかも、森の奥の方からどんどん馬がやってきて、僕らの周りを囲んでしまった。どうしよう。これだと動けない。

「……これ、もしかしてうちに戻れねえやつ？」

「うん……」

……どうやら、僕とレッドガルドさんは、レッドガルドさんのお家に帰してもらえないらしい。

仕方が無いので、ここでレッドガルドさんの絵を描くことにした。

レッドガルドさんには申し訳なかったんだけれど、彼も笑って許してくれた。『ここでまたトゥゴを連れて帰ったら、ペガサスとユニコーン達が今度こそ怒るぜ』と、面白そうに言っていた。うん。確かに、怒られる気がする……。

レッドガルドさんにはソファーにゆったりと座ってもらって、僕は彼に向かい合うようにしてイーゼルと、水彩画用紙を水張りした木の板とを置く。そして、彼を描かせてもらうことにした。

……人物をこうやって描くのは初めてだ。こういう大きな紙を使うのも初めてで……ちょっと、緊張する。でも、レッドガルドさんのことは何度もデッサンさせてもらっている。顔のかんじは、見なくてもある程度描けるくらいに頭に入ってる。たとえ、今の彼が顔の半分を包帯で覆っていても、片腕を包帯でぐるぐる巻きにしていても、そんなのが無い彼を描けるくらいには、ちゃんと覚えてる。

「よし！　カッコよく描いてくれよな！」

「うん」

そして何より、彼の緋色の瞳がこちらを向いて、力強く輝いている。

……大丈夫。ちゃんと描ける。

一日目は下描きで終わってしまった。僕の体力が持たなかったからでもあり、レッドガルドさんの体力が持たなかったからだ。

……モデルの人って、大変なんだよ。何時間も動かずに座っているのって、絶対に辛い。

「あー、体が固まっちまいそうだ！」

「ごめんなさい」

「ん？　いいぜ！　その分カッコよく描いてくれるんならな！」

レッドガルドさんは動く方の腕を伸ばして背伸びしつつ、ソファーから立ち上がって僕の方へやってきた。

「どれどれ、ちょっと見せてみな……お」

彼は下描きを覗いて……そこで、目を瞬かせた。

当然だけれど、画用紙の上にあるのは、怪我なんてどこにもないレッドガルドさんの姿だ。

それを見て、彼は大体、僕がやろうとしていることを察したらしい。

「まさかお前……俺を治そうと？」

「……うん」

少し緊張しながら僕が頷くと……レッドガルドさんは、目を瞬かせた。

「そうか、そりゃあ……すげえな！」

彼はたっぷり数秒、画用紙を見つめて……それから、堰を切ったように僕に訊ねてくる。

「なあ、これ、どれくらいで完成する？　あ、勿論、お前の無理のない程度でな！」

「え、ええと……三日、くらい……？」

下塗りをして、色を重ねて足していって、それから細部を描き込んでいくと、多分、三日くらいだ。本当はもっと早く仕上げたいんだけれど、僕の腕だと無理かもしれない。だから、できる限りのスピードで、三日。

……レッドガルドさんを描くなら、淡い水彩じゃなくて、重厚な油彩の方がいい気はした。けれど、僕はとにかく、早く仕上げたかったから、乾きがずっと速い水彩を選んだんだ。勿論、油彩はあんまり慣れていないから、というのもある。

「そうか！　俺、あと三日くらいで治るのか！　すげえじゃねえか、トウゴ！　お前、やるなあ！」

「え、あ、まだ治るって決まったわけじゃ」

「いーや！　治るね！　治る！　あ、じゃあ薬の手配、止めてもらっといた方がいいな。無駄になっちまう。あ、この紙貰っていいか？」

「あ、どうぞ。……じゃなくて、あの、え？」

それからレッドガルドさんはそこらへんにあったメモ用紙を一枚とって、そこに鉛筆で何か書きつけて……それから、突然、炎でできた鳥を出した。

……これも彼の召喚獣、なんだろう。炎でできた鳥はレッドガルドさんの耳飾りから出てくると、レッドガルドさんの耳を甘噛みして、彼の首筋に頭をすりすり擦りつけて甘え始めた。かわいいなあ。

それから炎でできた鳥はレッドガルドさんからメモ用紙を受け取って、そのまま窓の外へ飛び出していった。多分、レッドガルドさんの家に帰るんだな、あの鳥。

「よし！　薬の手配は止めた！　あと、四日くらいこっちに泊まるって伝えたから大丈夫だぜ！」

「え……？」

それ、よかったんだろうか？　薬の手配を止めた、って、それ、大変なことなんじゃないだろうか。じわじわと、僕は緊張してくる。

……けれど、レッドガルドさんは僕の背中をぽんぽん叩いて笑うのだ。

「自信持てよ。お前はレッドドラゴンを蘇らせちまったんだぜ？　なら、俺っくらい、余裕だろ！」

そう言われてしまうと、何とも……。

……いや。うん。頑張ろう。頑張って、絶対に、成功させよう。

その日、僕は馬に囲まれて寝ることになった。外のハンモックで。

……体は怠かったし、本当ならベッドで寝るべきだったような気もするんだけれど、馬達があんまりにも僕を引きずっていこうとしたので……うん、流石に折れた。

ハンモックの下にも横にも馬がみっしり、というよく分からない状況で、僕は寝た。落ち着かなかったけれど、疲れていたせいか、体力が落ちていたせいか、割とすぐに寝付くことができた。そうして次の日の朝には、僕はなんだか体調が良くなっていた。

……前にもあったけれど、もしかして、やっぱり馬セラピー？

「もしかしてお前、ペガサスやユニコーンから魔力分けてもらってたんじゃねえの？」

「え？」

その日、またレッドガルドさんを描かせてもらいながら、僕は馬セラピーについて、レッドガルドさんからそういう見解を貰った。貰った、のだけれど……。

「ほら、あいつらも仲がいい相手には魔力を分けてやること、あるらしいじゃねえか。怪我した仲間が居ると、順番に周りを囲むみたいにして一緒に居て、魔力分けてやるって、なんかの本で読んだことあるぜ」

……確かに、馬達が順番に入れ替わりながら僕の周りを囲んでいたことはある。けれど、覚えはあっても、その先が分からない。

「一緒に寝たがるのって、そういうことなんじゃねえの？　お前が魔力不足で弱ってる時には自分達の魔力を分けてやりたい、っつう、そういう健気な奴らなんじゃねえの？」

レッドガルドさんがそう訊ねてくるのに対して、ちょっと申し訳なく思いつつ……僕は聞くことになる。

「……魔力って、何？」

「え⁉　あ、そっか、お前、そういうことも分かんねえのか！　あー、そっかぁ！」

そして僕は早速、異文化の壁を感じている。多分、レッドガルドさんも感じている。うん、申し訳ない。

「ええとな、魔力ってのは……力だな。魔法は魔力によって起きてるし、生き物は魔力によって生きてる。体の中にもあるし、ある程度は体の外にも流れてる。あー……血みたいなもん、って言えば分かるか？」

「うん」

なんとなく、『そういうもんだ』と思って聞くことにする。『うん』って答えたけれど、実はよく分かってない。

「で、な？　まあ、人によって、魔力の多い少ないはあるわけだ。例えば、俺は少ねえから、召喚獣もよっぽど気が合う奴しか従えられねえし、あんまり長くも使役してられねえんだ。うん、その点、レッドドラゴンは……俺も不思議なんだよなあ。なんで俺に懐いたんだ？　あいつ。明らかに魔力不足なのになあ……」

「……もしかしたら、あなたの血を使って描いたからかもしれない。目とか、あなたの血で描いた。だから親だと思ってるのかもしれない」

「そ、そうだったのか。うーん……親だと思われてる、ってことはねえと思うが、確かに、俺の血を使って描いたんだったら、俺の魔力でできててもおかしくはねえか。なら相性がいいのも納得だな」

えっ、さっき『魔力は血みたいなもの』って言ってたけれど、本当に血って魔力、なの？　分からなくなってきた。

「……まあいいや。話戻すような戻さないような微妙なところだけどな？　魔力って、やっぱり相性もあるもんだ。人によって、魔獣によって、魔法によって……合う合わないは幾らでもある。例えば、俺の魔力は火の魔法とは合うが、それ以外はサッパリ、って具合だな」

そっか。ということは……もし、僕の絵が実体化する奴が魔法、なんだとしたら、それは僕の魔力が絵の魔法に合ってる、ってことなんだろうか。

「ってことはお前、ユニコーンやペガサスと相性いいんだなあ」

「うん……そうかもしれない」

馬と仲良くやれるのは、嬉しい。うん。よく分からないけれど、それはよかった。

「それで、だな……今度こそ話戻すぞ。いいか？　トウゴ。『人間は魔力が尽きると死ぬ』。これはちゃんと覚えとけ」

「え」

絵が魔法なのか、とか、色々考えていた僕は、ぎょっとさせられた。つまりそれって……。

「お前が絵を実体化させてる時、多分、お前は魔力を消費してるんだ。それで、絵を描きすぎて気絶してる、ってのは、要は、魔力不足で気絶してんだろ」

……思い出すと、何となく、思い当たる節がある。

天馬の翼を治して気絶した時、体の中から何かが抜け出していくような感覚があった。あれ、魔力が抜けてた、ってことなんだろうか。

けれど。けれど……『人間は魔力が尽きると死ぬ』って、ことは……。

「……つまり、僕が今回、十日起きなかったのって……」

僕が恐る恐る聞くと、レッドガルドさんはゆっくり重々しく頷いて……言った。

「滅茶苦茶、ヤバかった」

僕は、死んでも絵を描くのをやめないつもりでいる。

たとえ死ぬとしても描く。描けなくなるんだったら死んでやる。

けれど……うん。できるだけたくさん、描きたいから……。

……気を付けます。

その日もある程度絵を描いたら、そこで休憩。僕もレッドガルドさんも、病み上がりだから。無理はよくない。……魔力不足とやらになると死ぬらしいから、本当に、無理はよくない。

無理をしないためにも、今日も僕は外で寝ることにした。馬達は僕がブランケットをもって外に出た途端、待ってましたとばかりに寄ってきた。うん、ありがとう。お世話になります。

「ほ、本当に俺もいいのかぁ……？」

「うん。あなたは馬達の恩人だからいいと思う。だから馬が引っ張るんだと思うし」

そして、レッドガルドさんも外で寝る。彼が『トウゴがペガサスとユニコーンに囲まれて寝てるとこは面白そうだから見たい』という理由で外に出てきたら、彼も馬に引っ張られたり押されたりして、泉の木の方へ連れてこられてしまったのだ。だから僕は、彼の分のハンモックも描いて出した。

レッドガルドさんは恐る恐る、馬達の間を抜けていって、ハンモックに寝そべって、そこで毛布を被る。……すると、やっぱり馬達がおずおずやってきて、彼の下に潜り込んだり、横に張り付いたりし始めた。

「ほら。ね？」

「おおー……これ、すげえなあ。すげえ厚遇……。すげえな、ここのペガサスとユニコーン……。すげえ、魔力が満ちてくるかんじがする。すげえ……すげえ……」

レッドガルドさんはそういう感想を漏らしていた。そうなんだ。ここの馬達は皆いい奴で、『すげえ』んだよ。馬が褒められると、何となく、僕も嬉しい。

翌日、僕は絵の仕上げに入っていた。

影になる部分に濃い色を置いて、陰影が足りないところによりはっきりした色を置いて……。

水彩画は、こうやって色を重ねていくのが楽しい。少しずつ、少しずつ。全部の描画が重なって積もって、一つの色に、一つの絵になっていく。これが楽しい。

僕がやってることは無駄じゃないんだって、そういう気分に、少しだけなれる。

……そして、僕はこの絵で一番大切なところ……レッドガルドさんの瞳を、描いていた。できるだけ、細かく。それでいてはっきりと。

服や背景なんかは、結構ざっくり描いた。それでも模様なんかはちゃんと細かく描いたけれど、それでも、わりと淡く。……でも顔は、ざっくり、なんてわけにはいかない。

特に、瞳は。一番目がいくところだから。だから、一番細かく、一番はっきり、一番綺麗に描き上げたい……のだけれど。

「どの色にしよう……」

僕は、絵の具を出したパレットと、試し塗りした紙の前で悩んでいた。

どうにも、彼の瞳にしっくりくる色が無い。

絵の具というものは、基本的に、混ぜれば混ぜる程、鮮やかさが失われていく。

それを『深みが出る』と言い換えることもできるだろうけれど……輝くような緋色の瞳の表現には、向かない。

そして、僕が持っている絵の具は、どれも微妙に色が違うのだ。赤い花の花びらの色も違う。赤土の色じゃない。僕の血の色もなんだかしっくりこない。……それで、ちょっと困っている。

「おーい、トウゴ、大丈夫か？」

「うーん……」

全部、微妙な差しか無いじゃないか、と言われてしまえばそうだ。でも、その『微妙な差』を妥協したくない。特に、レッドガルドさんの瞳については、絶対に、妥協したくない。

どうしようかな。今から外に絵の具を探しに行く？　それも違うよなあ……。

……そうして僕が迷っている時。

きゅー。

そんな声が、窓の外から聞こえてきた。

「お。お前も来たのか」

家の外に出てみたら、そこにはレッドドラゴンが居た。緋色の翼をはためかせて着陸して、そこでレッドガルドさんに撫でてもらって気持ちよさそうにしている。

「あー、すまねえな、トウゴ。こいつは家に置いてきたんだけど……こっちに来ちまったみたいだ」

そういえば、レッドドラゴンについては『いい魔石が無い』って言ってたな。どうやら召喚獣というものは、召喚獣の住処になるような宝石が必要らしい。普段はその宝石を身に付けておいて、いつでも召喚獣を出せるようにするんだそうだ。

だから、その宝石が手に入るまで、このレッドドラゴンはお屋敷の庭に居ることになっていた、らしいんだけれど……。

「こらこら。くすぐったいって」

……レッドドラゴンは、レッドガルドさんの頬を舐めて、それから擦り寄っては嬉しそうにしている。うん。これだけ懐いているのなら、引き離しておくのはかわいそうだったな。

「悪いな、トウゴ。ちょっと絵の方は待ってもらっていいか？　こいつともう少し遊んでからにするよ」

「うん」

僕はレッドドラゴンや他の召喚獣達、炎の狼と炎の鳥が戯れるのを眺めながら……。

……あっ！

「お？　トウゴ、どうした？」

僕はレッドドラゴンに近づく。

半分以上僕の血で描いたからか、この緋色の竜は僕にもある程度、懐いてくれているらしい。僕が近づいても首を傾げるだけで、攻撃したりはしてこない。僕はそんなレッドドラゴンを眺めて……嬉しくなった。

「この色だ！」

レッドガルドさんの目の色！　これだ！　レッドドラゴンの鱗の色が、本当にそっくりそのままなんだ！

そうとなったら急がなきゃならない。僕は早速、レッドドラゴンにお願いする。

「鱗を一枚、ください！」

絵の具にする分だけでいいから！　お願い！

……結局。レッドドラゴンは気前よく鱗をくれた。尻尾の方の剥がれかけてた奴を一枚。勿論、レッドガルドさんにも許可を取った。『どうせ脱皮するだろうからいいだろ！』とのことだったので、ありがたく鱗を頂く。

……さて。

僕は早速、絵の具のチューブを描いて、色のラベルに鱗を張り付けて……とても綺麗な緋色の絵の具を作った。さあ、これでいよいよ、絵を完成させられる！

「レッドガルドさん！」

……と、思ったのだけれど。

「あー、悪い、トウゴ！　もうちょっと待ってくれ！」

どうやら、レッドドラゴンや火の精達が、レッドガルドさんを離したくないらしい。モデルが居ないので、もうちょっと絵はお預けだ。

うん。しょうがない。しょうがない、んだけれど……。

……早く描きたい！

結局、絵が仕上がったのは翌日だった。

けれど、いよいよ絵が完成するんだ。やっと。やっとだ。描けるようになってからも長かったし、描き始めてからも長く感じた。緋色の絵の具を手に入れてからも、とても長く感じた！

「じゃあ、いきます」

「お、おう」

僕はしっかり倒れる準備をして（つまり、ブランケットを出して、馬が寄ってこられる位置に陣取って、そこで）、最後の一筆を描き加えた。

これで、絵は完成。

……その瞬間。

ふるふる、と水彩画が震えて、きゅ、と集まって……。

「うおわっ⁉」

レッドガルドさんに纏わりついた、と思ったら。

「……あ」

彼は、両手を動かしながら、それをじっと見ていた。……両方の目で。

「……トウゴ！」

歓喜に溢れた彼の顔を見て、僕はやり遂げたことを知る。やるべきことができた。やりたかったことができた。……すごく、嬉しい。

「うわ！　トウゴ！　おい！　しっかりしろ！」

そして僕は、達成感の中……また、気絶した。でもしっかり準備して気絶したので大丈夫だ。おやすみなさい。

目が覚めたら朝だった。おはよう。どうやら僕は朝に気絶して、翌日の朝に起きた、ということらしい。僕はハンモックに乗せてもらっていて、そこで馬に囲まれていた。おはよう。いつもお世話になっています。

ハンモックから抜け出すと、僕はすぐ、家に戻った。確かめたかった。夢じゃなかったことを確認したくて……。

「お、トウゴ！　おはよう！」

……そこで、両目がしっかりあって、両手で本を持って読んでいたレッドガルドさんを見て、心底ほっとしたのだった。よかった！　夢じゃなかった！

「いやー、お前、本当にしょっちゅう魔力切れになるんだな……。よくそんなに気絶できたもんだぜ。いっそ感心する。普通はこんなにアッサリ魔力切れなんて起こせねえんだぞ？　魔力が切れるより先に魔法が発動しねえんだからな？」

「うん。よかった。レッドガルドさん、調子はどう？」

彼の言葉はいまいち耳に入らない。それよりも今は、目の前の彼の調子が知りたかった。天馬の翼を治した時は、ちゃんと翼が動いていたし、空も飛んでいたけれど……。

「ん。バッチリだ。ちゃんと指も動くし、目も見えてる！」

……よかった。本当にうまくいったみたいだ。よかった。本当によかった。

「あの、レッドガルドさ」

「ところでよ、トウゴ」

僕が言いかけた時、レッドガルドさんは少し屈んで、僕の目をじっと覗き込んだ。

「レッドガルドさん、っつうのはもうナシだぜ、トウゴ」

……え？

どういうことだろう、と僕が困っていると……彼は、満面の笑みを浮かべて、言った。

「フェイ、だ。親友同士、変な遠慮はナシにしようじゃねえか！　な！」

「……親友？」

「ん？　親友だろ！　一緒に死線を潜り抜けた！　お互いに助け合える！　ついでに気が合う馬が合う！　なら身分も世界の違いも関係ねえ！　もう親友だろ！」

親友、なのか？　そういうものなんだろうか？　気が合う？　馬が合う？　……うん、まあ、合うかもしれない。身分の違いは、世界の違いの方が大きいからそんなに気にならない。いや、彼がそういう人だから、というのが大きいような気はするけれど。

でも……何となく実感が湧かない。なんだろう。なんというか……うん、僕は、今まで、『親友』と呼べる相手を、持ったことが無かったんだ。ああ、先生は別だ。先生は友達でありながら先生であったし、だから、親友というよりは……うん、なんか、別だった。

でも僕らは……いつの間にか、親友、ということになったらしい。

「な？　トウゴ。な？　な？」

僕は困った。こんなタイプの人、今までに見たことないよ。どうしていいんだか、よく分からない。

……けれど、彼は僕を、期待に満ちた目で見つめてくるので。

「……フェイ?」

「おう！　そうだ！　やったぜ！」

……うん。呼んでみて思ったけれど、レッドガルドさん、と言うよりも、フェイ、と呼ぶ方が、発音は楽だ。あんまり口を動かさなくても音が出る。

じゃあ……今日から彼は、フェイ。僕の親友……らしい。

いや、そこはまだ、実感が無いけれど……でも、嫌な気分じゃ、ない。

なんだろうなあ、これから、新しいことが始まる、っていう気分だ。ちょっとわくわくしてる。知らない世界を冒険しに行く日の朝、っていうかんじの……そんな気分だ。

「ってことで早速、俺の家に行くぞ、トウゴ！」

「えっ」

「朝飯は一時間ぐらい後でもいいだろ！　な！」

「え……え?」

「早速出発だ！　行くぞー！」

よく分からないまま、ふわふわする頭でぼんやりしていたら、いつの間にか手を掴まれて、外へ引っ張り出されていた。そして僕は、炎の狼の背中に乗せられる。

……あっ、これって、もしかして。

「じゃあ、ユニコーンもペガサスも！　悪いがトウゴ借りるぜ！　……よし！　出発！」

レッドガルドさ……じゃなくて、フェイがそう言った瞬間。

炎の狼は、勢いよく走り出した、のだった。

「速い！　速すぎるよ！」

「ん？　そうか？　ならもう少しゆっくりにするか？」

「そうしてほしい！」

とんでもない勢いで森の木が後ろに流れていくのは、ちょっと……いや、とんでもなく、怖い。しかも、まっすぐ進むんじゃなくて、木を避けながら時々曲がって、時々は木を足掛かりにしていくものだから、益々怖かった。

……でも、フェイが何か合図すると、少し速度が緩む。とんでもない走り方もしなくなって、僕は心底ほっとした。

「悪いな！　ついつい、親父と兄貴に報告したくって、気が逸ってさ！」

フェイの言葉を聞いて、そりゃそうだよな、と思う。怪我が治ったんだ。すぐにでも報告したいよね。

……と、思ったら。

「親友ができたぜ！　って！　自慢するんだ！」

そう言って、フェイは笑う。そっち？　ねえ、そっち？

「くそー、一気に色々できちまって、なんか怖いくらいだよなあ！　レッドドラゴンが召喚獣になって夢が叶っちまって、怪我は治って、しかも、不思議な親友ができた！」

嬉しそうだなあ、と、思う。嬉しそうなフェイを見て、なんだか不思議なかんじがした。けれど……嫌なかんじじゃ、ないんだ。

「な、これからもよろしくな、トウゴ！」

明るい笑顔を向けられて、僕は……思う。

僕も同じなんだよ。

僕だって、一気に色々、できてしまったんだ。

絵を描けているから夢は叶っているし、レッドドラゴンを出すっていうこともできた。恩人の怪我を治せたし……フェイに親友ができたっていうなら、その、僕にも、できた、っていうことに、なるんじゃあないだろうか。

「……その、こちらこそ。フェイ」

初めてだ。こんな気持ちになるの。

色んなことが上手くいって、これからも上手くいく気がして、気持ちがふわふわする。

「あ、そうだ。お前、うちの家族の肖像画とか、描かねえ？　ほら、俺の絵、俺が治ったら消えちまっただろ？　折角カッコよく描いてもらったのによお……」

嘆くように言うフェイの言葉を聞いて、僕はまた、そわそわする。

……そうか。僕、絵を描いていいんだ。しかも、描いた絵を喜んでくれる人が居て……！

「な、どうだ？　トウゴ」

フェイの言葉を聞いて、僕は迷わず、答えた。

「うん！　描きたい！」

僕、すごく幸せだ！

＊エピローグ

「何？　ユニコーンの角を売れなくなった？　どういうことだ」

薄暗い部屋の中、困惑の声が上がる。その声に、もう一つの声が慌てて取り繕うように続く。

「その、相手方に不都合が生じたらしく……連絡が途絶えました」

光源は蝋燭一本のみ。お互いの顔は碌に見えない。だが、この場では都合のよい明るさだ。そう。後ろ暗いところのある話をする場においては。

「不都合、だと？　こちらはもう前金を払っているのだぞ！」

苛立ちの声と共に男が立ち上がれば、蝋燭の明かりが揺らめく。頼りない灯火が揺らめくことで、彼らの影もまた、床の上にふらふらと揺らめいた。

「……奴らは一体、どうしたのだ。何故、急に姿をくらました」

男は苛立ちながらも、再び席に着いた。苛立ってどうにかなるものではないということくらい、分かっている。今は、生じた厄介事の解決のために動かなければならない。その為に必要なことは、状況の把握だ。

「それが……どうやら、レッドガルド家から直々に摘発され、投獄された、と」

「何故、そのようなことになった。密猟者は使い捨てにできるものを雇っていると聞いていたが」

「相当大規模な摘発だったのです。それこそ、密売人達の市場そのものを根絶やしにする勢いで」

男は唸る。レッドガルド家も厄介なことをしてくれたものだ、と毒づきながら。

「ならば我らも精霊の森からは手を引かなければならない、か。……惜しいな」

レッドガルド領には、精霊の森と呼ばれる広大な森がある。不可侵の森としてレッドガルド家に保護されている森だが、その名に恥じぬ生態を持っており……ユニコーンもペガサスも、はたまた他の希少な魔獣の類もそこに住んでいるという。

今回、ユニコーンの角を獲っていた者達は、その精霊の森で狩猟を行っていたとのことだが……レッドガルド家がいよいよ大規模な摘発に乗り出したともなれば、精霊の森に密猟に入るのはもう難しいだろう。

だが、あれほどまでに魔獣が集う場所など他には無い。少し狩りを行わせただけでもユニコーンの角にペガサスの羽といった、希少な魔獣の素材がごろごろと市場に流れたのだ。だからこそ、非常に惜しい。惜しい、が……。

莫大な利益を前にして手を引くことの迷いに、男は唸る。……それを見ていた従者らしい者は、少しばかり迷いながら、もう一つの情報を口にする。

「それから……レッドガルド領にて、レッドドラゴンが現れた、という情報がありまして」

「なんだと？」

途端、顔色を変えて男は目を見開く。

「レッドドラゴンは絶滅したはずだ。それが、何故……」

「それがどうしてか、居るのです。絶滅したはずのレッドドラゴンが！」

レッドドラゴンとは、希少な……あまりにも希少な生き物だ。莫大な魔力と強い力を持ちながら、絶滅した魔獣である。

それだけに、残った鱗の一枚ですら大変に貴重であり、もしレッドドラゴンの鱗が競りにかけられるようなことがあれば、それこそユニコーンの角やペガサスの羽どころではない値が付く。

そう。レッドドラゴンとは、それだけの生き物なのだ。ユニコーンやペガサスでは躊躇う危険へも、レッドドラゴンの誘いであるならば乗ってみようか、と、思わされる程には。

「……ふむ」

男は唸り……にやり、と笑う。

「ならば……仕方ない。レッドガルド領を調べろ。レッドドラゴンが居るというのならば、話は別だ」

「わ、分かりました。しかし、よろしいのですか？　レッドガルドの連中に知れたら……」

「無論、秘密裏に、だ。レッドガルド家にも、それ以外の貴族共にも、知られるな。……そうだな」

男は、困惑する従者を前に少々悩む。伸るか反るかは決まった。だが、その次に横たわる問題は、『どのようにして』ということだ。

精霊の森に潜っていた密猟者共は全員投獄され、密売人達やその市場の関係者達もまた、根絶やしにされる勢いで投獄されているという。

つまり、動かせる手足が無い。いざとなったら切り捨て、自分とは無関係だと突っぱねられるような……そして何よりも、腕がよい者。レッドガルドの森に潜入できるような……そんな都合のよい者が居ないのだ。

……だが、男は笑う。良い案が浮かんだ、とでも言うかのように。

「……そうだ。最近、評判に聞く密偵を使おう。金を積めばそれだけの働きはすると評判だ」

そう言うなり、男はいよいよ、高らかに宣言する。

「金に糸目は付けん！　なんとしても、レッドドラゴンを手に入れろ！」

レッドガルド領の精霊の森。

ただ平穏に過ごす生き物達と、その生き物達を延々と描いている風変わりな少年。そして、彼らと関わることになった若い貴族と……伝説のみに名を残す存在であったはずの、レッドドラゴン。

幸せな彼らの下に、暗雲が迫っている。

kyou mo e ni kaita mochi ga umai

書き下ろし番外編

とにかく兎に角

この森には案外、生き物が沢山住んでいるらしい。気付いたのは、最近になってからだ。どうやら、僕が最初に居た場所や僕の家を建てた場所からもう少し離れて森の外側の方へ行くと、多くの生き物が住む場所にあたるみたいだ。

僕はそれを、馬達のおかげで知った。

天馬や一角獣は賢い上に気のいいやつらだ。僕が荷物を持って外に出ると、『乗るかい？』とでも言うかのように僕の近くへやって来て、僕がお願いすると、ちょっと身を屈めてくれる。そこになんとかよじ登らせてもらって馬の背中に乗っかると、馬達は素晴らしい速さで森を駆けていくんだ。

天馬は飛ぶようにふわりふわりと走ることもあれば、本当に飛んでしまうこともある。森の木々の上に出てぱたぱたと羽ばたいていく時の、空と森で上下に挟まれるあの感覚は中々いい。

一角獣は、天馬よりも堅実なかんじの走り方をする。その分ちょっと揺れるので、一角獣に乗っているのは天馬に乗っているより少し大変だ。

そうして馬達は、僕をそれぞれのお気に入りの場所に連れて行ってくれる。

例えば、真っ白な花が咲き乱れて、まるで雪が積もったように見える花畑。

例えば、宝石みたいな深い碧に透き通った湖。

例えば、不思議な形をした木が立ち並ぶ、一風変わった区画。

……そんな具合に、綺麗な場所、面白い場所へ僕を連れて行ってくれるものだから、僕は毎日楽しく風景画を描くことができている。ありがたいなあ。

さて、そんなある日。森の風景画を描くため、僕はざっと荷造りする。

鞄の中に詰めるのは、まず、画材。水彩用のスケッチブック、それも水張りが要らない上等なやつを贅沢に三冊。絵の具一式。絵筆数本。それに、下描き用の鉛筆と消しゴムと、そして、忘れちゃいけない、水彩絵の具を使うための水を詰めた瓶。

そこに、昼食用に描いて出したパンや果物なんかで簡単な弁当を用意すれば、荷造り完了。僕は荷物が詰まった鞄を持って、家の外に出る。

すると、もうそこには待機している馬が居る。いつもありがとう。

「今日もお願いします」

馬に挨拶して、近づいてきた一頭の上に乗らせてもらう。すると、馬はひひんと嘶いて、早速駆け出し始めた。……今日の馬は、一角獣だ。最近は、馬に乗る時は、馬の背中に座布団みたいなものを乗せさせてもらって、その上に僕のお腹をぺたんとくっつけるようにして、馬の首根っこにしがみつかせてもらっている。……そうすると安定するんだよ。

本当は鞍とかがあった方がいいのかもしれないけれど、僕、鞍というものの存在は知っていても、鞍の形なんてぱっと思い出せないものだから、断念した。まあ、座布団でも十分だよ。

「今日は結構外側に行くんだね」

馬にそう話しかけてみると、ひひん、と返事があった。……馬は、森の外側の方へと向かっている。ということはつまり、馬や巨大なコマツグミ以外の生き物が居る区画だ。

　案の定、もうしばらく進んでいくと、馬の走る速度が落ちてきた。それは、小さな生き物達への配慮の為だ。

　僕らを見上げるようにして、兎の一家が木の下から覗いていたり。木のうろからリスが顔を出していたり。他にも、馬より一回り小さい鹿達が居たり、木にフクロウが止まっていたり。

　彼らはまあ、普通の生き物達だ。いや、つまり、角が生えた馬とか羽が生えた馬みたいに、変なものが生えている訳じゃない、っていう意味で。……ただ、普通の動物にしては、大分賢い気もするけれど。

「今日もお邪魔します」

　動物達は、僕を警戒しているようだけれど、逃げ出すほどではない、みたいだ。僕らは森の動物達の縄張りにお邪魔しているんだろうに、攻撃されたり進路を邪魔されたりすることもない。

　多分、僕が馬に乗っているからじゃないかな。この馬達は森の動物達に一目置かれているみたいで、だから、その馬に乗っている僕も、まあ、侵入を許してもらっている、というか。多分、そんなかんじだ。


　……ただ、今日はちょっとだけ、事情が違ったらしい。

　ひひん、と馬が大きく嘶く。それと同時に、大きく馬が揺れた。

「うわ」

僕は馬の背中から投げ出されないようにぎゅっと馬にしがみつかせてもらって……そして、なんとか落馬せずに済んだ。

珍しいな。いつも馬達は僕が落っこちないように気を遣ってくれるのだけれど……。

……そう思って、馬の前方を見てみたら、事情が分かった。

「……うわあ」

ぶるる、と馬が鳴いて体勢を低くして、角を突き出して威嚇の姿勢をとる先。そこには……。

「変な兎だ……」

小さな体に立派な角を持った……変な兎が居た！

すごい！　この世界、馬だけじゃなくて、兎にも角が生えてるのか！

角が生えた兎は、小さな体を精一杯大きく見せようとしているのか、柔らかな金色をした毛を逆立たせて、如何にもふわふわした見た目になっている。

更に、その額からまっすぐ伸びた黒くつやつやした角を一角獣に向けて、必死に威嚇の姿勢をとっている。

「……かわいいなあ」

その姿がなんとなくいじらしくて可愛らしくて、ついつい、そう言ってしまう。

すると、角が生えた兎は、馬の上に居る僕に気付いたらしくて……馬と僕とを見て、そして……。

「あ、行っちゃった……」

ぴゅっ、と、走って逃げていってしまった。脱兎の勢い、って、こういうことを言うんだろう。

うーん……珍しい兎だったし、なんだか可愛らしかったから描いてみたかったのだけれど。ちょっと残念だったな。


その日、一角獣は僕を面白い木の下に連れて行ってくれた。大きな木は傘みたいに枝葉を広げていて、その下に、沢山の花がぶら下がっている。頭上一面に広がる花は真っ白い藤みたいな花で、それが太陽の光に透けて綺麗なんだ。天然の大きなレースの日傘。そういうかんじがする。

「いい場所だね」

早速、画材を出して絵を描き始める。すると、僕の横で馬は座りこんで、昼寝の姿勢。馬達は賢い上に優しいから、こうやって僕の絵が描き終わるまで昼寝して待っていてくれたり、そこらへんの草を食べて待っていてくれたりする。

そして、昼寝中の馬は背凭れにされても構わないらしいので、僕は、馬のお腹を背凭れにさせてもらいながら、画用紙いっぱいに不思議な花の景色を描き始めた。


そうして、三時間ぐらいした頃だろうか。

下描きを終えたのでパレットと水の瓶を出して着彩し始めて、下塗りを一通り終えた頃。

ガサガサ、と音がして、近くの茂みが揺れる。絵に集中していた僕は反応が遅れたけれど、僕よりも先に、昼寝していたはずの馬が反応していた。

馬が、ぶるる、と鳴いて、繁みの方へ角を向ける。すると……ぴょこん、と、茂みから飛び出してきたのは、さっきの兎だ！

「あ、さっきの！」

優しい金色の毛並みはまたふわふわに膨らんで、つやつやした角はまたまっすぐ馬に向けられていて……威嚇している、んだろうなあ。

角の生えた兎に対抗するように、一角獣もまた、角をしっかりと兎に向ける。……体格だけでいくと馬の圧勝なんだけれど、でも、兎にもしっかり角が生えているので……うーん、どっちが強そう、とも言えない。

……けれど、兎の方から見てみれば、自分よりも遥かに大きな生き物が自分を見下ろしているんだから、怖いんじゃないだろうか。なんとなく、兎の方はぷるぷる震えているようにも見える。

……うーん。

「あのー……」

なんとなく、震えている兎がかわいそうで、声をかけてみることにした。

事情は分からないけれど、この角兎は僕らが嫌いみたいだ。しつこく一角獣を狙っているみたいだし、もしかしたらこのあたりはこの角兎の縄張りなのかな。だとしたら、侵入してしまっている僕らが悪者だ。

「ねえ。君は、僕らがここに居るのが嫌、なのかな」

動物に話しかけるなんて馬鹿らしい気もするのだけれど、この森の動物達はどうやら相当に賢いらしいから、僕の言葉だって通じるかもしれない。或いは、言葉は通じなくても、気持ちは通じるかも。敵意はありませんよ、っていうことだけ伝われば、それで十分なんだけれど。

僕が話しかけると、角兎は明らかに怯んだ。ふるん、と大きく震えて、それから、じりじりと、後退していって……。

「わっ」

角兎は、僕の方に向けて突進してきた！

これには驚くしかない。咄嗟に、兎を避けるように場所を空けると、兎は僕から少し離れた横をすごい速さで駆けていく。

ひひん、と馬が嘶いて兎を追いかけようとしたのだけれど、兎はもう随分遠いところへ行ってしまっていて、そして、そのまま茂みに潜っていなくなってしまった。

「また逃げちゃったね」

兎は逃げていく時、水彩に使っていた水の瓶を蹴り倒していったらしい。水が零れてしまっている。僕はそれを拾い上げて、今日はここまでだなあ、とため息を吐く。ここで水を描いて出してもいいのだけれど、それをやっていると花の絵を描いている途中で夕方になってしまう。そうすると光の色合いが大分変わってしまうだろうから……今日は絵を中断して、また明日にした方がいいだろう。

「ええと、明日もここでお願いします……」

馬には申し訳ないのだけれど、明日もここに連れてきてもらおう。それで、今日の続きを描くことにしよう……。

いつもより早い時間に僕らが戻って来たからか、家の傍の泉に居た馬達は、何事かとわらわら集まってきた。

「あの、大丈夫だよ。中断して戻ってきただけだから」

僕が説明しても、馬達は心配するように羽をぱたぱたさせつつ僕の顔をじっと見つめたり、すりすりと寄ってきたりするばかりだ。ええと……そ、そんなに僕が絵を中断して帰ってくるのって珍しい？　……珍しいなあ。

僕が説明しても納得しなかった馬達だけれど、今日、僕を運んでくれた一角獣が何かを説明すると、馬達は概ね納得したようで、一部の馬達は解散していった。残った馬達も、『元気出してね』というようにすりすりやってくれたり羽で撫でていったりするので……ええと、もしかしたら僕は、絵を中断せざるを得なくなったことを慰められている、のか……いや、或いは今日の一角獣が『角兎に襲われたので帰ってきました』みたいな説明をして、その結果、『怖かったね、もう大丈夫だよ』みたいな慰められ方をしている、のかもしれない。

……あの、僕、そこまで怖がりじゃないつもりだけれど。でも、うん、まあ、いいか……。

その日は馬達の洗濯をして、自分も水浴びして、それから少しゆっくり食事を摂って眠ることにする。今日の夕食は……前、先生がベーコンを自分で作っていた時のことを思い出して、それらしいものを描いて出してみた。すると、案外美味しいものができあがったので、それを半分ぐらい焼いて食べて、デザートに果物をたっぷり食べて、お腹いっぱい。

ベーコンの残りは軒先に吊るしておくことにする。森は涼しいし、まあ、一日ぐらいなら大丈夫だと思う。ベーコンって元々は保存食だし。


その後、ベッドに入ってうとうとして、そのまま いつの間にか眠っていて……。

……そして、朝。

僕は、馬達の嘶きに、叩き起こされた。


「ど、どうしたの⁉」

騒がしい馬達のところへ駆け寄ると、馬達は随分と気が立った様子で、うろうろしたり、尻尾をぶんぶん振り回していたり。

何事だろう、と不思議に思っていると、馬の内の一頭が僕の服の裾を咥えてぐいぐい引っ張る。それに引っ張られて進んでいくと、馬達の雨宿り休憩所の方へと連れていかれて……。

「う、うわ。これ、どうしたの？」

そこの柱に、大きな傷ができていた。

まるで、一角獣の角で鋭く抉ったような、そういう傷だ。けれど……一角獣がやったにしては、位置が低い。

更に、馬達は怒ったように、ひひん、と嘶きながら、僕の家の軒先を見ている。

「……あっ、ベーコンが無い」

すると、昨夜そこに吊るしたはずのベーコンが消えていた。

まさか馬が食べちゃった訳でもないだろうしなあ、と思いながら、よくよく家の外壁を観察してみると……そこに、小さな足跡がある。細長くて小さな、特徴的な足跡だ。

足跡から動物の種類を推測できるような知識は僕には無いけれど……この足跡の大きさと、さっきの柱の傷から考えれば、まあ、分かる。

「もしかして、昨日の角兎？」

僕がそう呟いてみると、僕の隣にやって来ていた一角獣が、ぶるん、と鳴いて尻尾を振った。どうやら、そういうことらしい。


そうか、あの兎、ベーコンを食べちゃったということは、肉食なのか。まあ、角生えてるし、そんなもんか。あれ、でも一角獣は草食だ。おかしいな……。

……そんなことを考えながら、僕は昨日の一角獣の背中の上。ゆらゆら揺られながら、昨日の木の下まで案内してもらっている。

けれど、今日はちょっと、森の様子が違っていた。森の動物達がちょっと神経質、というか。

「あ、ここにも傷がある」

神経質そうに木の下をうろうろしている兎の一家を見ていたら、木に鋭く抉ったような傷があることに気付いた。真新しい傷だ。そして、朝、柱に見つけた傷と同じようなものに見える。

「あの角兎、こっちでも暴れてるのか」

どうやらあの角兎、森中で暴れているみたいだ。そうか。森の動物達の様子がいつもと違うのは、暴れん坊を警戒してのことなのかもしれない。

「……ちょっと困ったことになったなあ」

あの角兎、僕らを警戒して、ああいう風に攻撃的なのかな。それとも他に理由があるんだろうか。

一番いいのは、あの角兎が暴れないでくれることなんだけれど、どうしたらいいだろうか。僕が森の中心部でじっとしていれば角兎も大人しくなるのかもしれないけれど、でも、僕は僕で絵を描きに行きたい。何なら、あの角兎を描きたい。だから、『ちょっと通りますが敵意はありませんよ』って伝えたいんだけれど、いい方法は無いだろうか。うーん……。


特に何もいいアイデアが思い浮かばないまま、一角獣の背中で揺られていたら、突如、一角獣がひひん、と鳴く。

あれ、と思っていたら、昨日よりはずっとマイルドながらも結構揺れて、そして……。

「あ、昨日の!」

横から飛び出してきたのは、昨日の角兎。……どうやら今日も出てきたらしい。

角兎は、すごく素早かった。ふわふわっ、と毛を逆立たせると、すかさず角を構えて突っ込んでくる。

角兎は馬が一歩避けたところをすごい速さで駆け抜けていって、それから、ぴょこん、とUターンして戻ってくる。戻ってくる時も角を突き出して突進してくる訳なので、馬は横に動いて上手く避ける。……避けたんだけれど、結構スレスレだった。そして、角兎の角が、ほんのり、僕の手の甲を掠っていく。

つっ、と赤い線が手の甲に走ったのを見て、その後からぴりぴりした痛みがやってくる。けれども、ゆっくり傷を確認している暇はない。また、角兎は突進してくるみたいだ。

……けれど、ひひーん、と、大きく馬が嘶いた。そして、馬は……兎めがけて、走り出した！

その勢いに驚いたのか、角兎は逃げていく。脱兎の勢い、っていうやつだ。馬はそれを追いかけて走って行きそうだったのだけれど、数歩分走った後で立ち止まって、そして、首を動かして、背中に乗せっぱなしの僕の方を振り返って、ひひん、と弱く鳴く。

「どうしたの？　あ、もしかして、怪我した？」

馬が怪我をしていたら大変だ、と思いながら馬から降りて確認。……一通り確認してみたけれど、どうやら馬に怪我はないらしい。よかった。

けれど、馬は元気がない。馬は僕の手の甲をじっと見つめて、それから、すりすりと僕に擦り寄ってくる。ひん、と鳴く声がなんとも申し訳なさそうだ。

……もしかして、僕が怪我をしたのを気にしているんだろうか。

「あの、気にしなくても深い怪我じゃないよ。歩いていてちょっと木の枝でひっかいてしまったくらいの怪我だから……」

弁明してみたのだけれど、馬は相変わらずしょげた様子だ。……あんまりにも元気がないので、包帯を描いて出して巻いておくことにした。ちょっと時間が掛かったけれど、馬が元気になったから、まあいいか。

その日は、あまりにも馬がしょげてしまったのと、何故かそのまま馬がUターンしてしまったので、花の木の場所へは行けなかった。

ただ、僕を乗せて帰ってきた馬は、家の側にたむろしていた他の馬達に何やら伝えては、伝えられた馬達がぶるるん、と鳴きながら尻尾を大きく振ったり、前脚で空を蹴っていたりと、ちょっと興奮気味な様子を見せる。

やっぱり、急に角兎に襲われてびっくりしたのかな、と思って馬達に近づいてみたら、途端、馬達に囲まれてしまった。

「え？　あの、どうしたの？」

聞いても馬は答えない。ただ、僕を囲んではすりすりやるだけだ。

……あの、もしかしてやっぱり、僕が角兎を怖がっていると思って元気づけようとしてくれてる？　やっぱりこの馬達、僕のことを末っ子の弟とかそういう風に思ってるんじゃないだろうか……。

そして、翌朝。

「……気合十分だね」

今日は絵を描きに行くのはやめておいた方がいいかな、と思っていたのだけれど、馬達はやる気だった。

そう。馬『達』は、やる気だった。

「この大所帯で行くのか……」

僕が鞄を取って戻ってくると、一角獣が丁寧に僕を掬い上げて背中に乗せてくれて、そして、その一角獣を囲むように、他の一角獣達が隊列を組む。

……そして、非常に物々しい一角獣部隊が、出動することになった。

ええと……うん。まあ、頼もしいね、って思うことにしよう。

そうして大勢の馬と一緒に、再び森の外側の方へ。

すれ違う森の生き物達も、一体何事か、みたいな顔をしている、気がする。そりゃあびっくりするよね。普段、森の中心部からあんまり出てこない馬達がこれだけの数、隊列を組んで行進してるんだから……。

これだけ馬だらけだったら、角兎も出てこられないだろうなあ、と思う。いや、だって、どう考えても怖いと思うよ、これ。馬の上に乗せられて、馬達に囲まれている僕からすれば只々頼もしくてほかほかしているだけなんだけれどさ。

……なんて、思っていたのだけれど。

「やっぱり出てきた……」

ぴょこん、と、角兎が道に飛び出してくる。ただ……今日の馬は、一頭じゃない。全員が全員、立派な角を備えた一角獣が、およそ三十頭。迫力満点。

この迫力には流石の角兎もたじろいだ。道に飛び出して来たっていうのにぶるぶる震えて……ぴょこん、と、また、茂みの中へ逃げて行ってしまう。

まあ、逃げてくれるならそれでいいか……と思って安心していた僕だったのだけれど、次の瞬間、ひひん、と馬達が嘶いた。そして。

「う、うわっ！」

馬が、一斉に走り出した！


茂みを越えて、木々の間を抜けて、馬達はそれはそれは美しく走る。

森の中なんて障害物だらけなのに、それを全く感じさせない優雅さとスピードを兼ね備えて、馬達は颯爽と駆け抜けていく。

僕を乗せた馬だけは僕が振り落とされないようにゆったり走っているけれど、先頭を走っている馬なんて、もう角兎に追いついてしまったんじゃないだろうか。

……馬達、やっぱり、怒ってたのかなあ。これは角兎と角馬との縄張り争いみたいなかんじなのかも。

そうして、僕を乗せた馬だけが置いてけぼりになって、けれどその内、追いついて……。

追いついた先には、みっちりと固まって角兎を囲んでいる馬達と、馬達に囲まれてぶるぶる震えながらも角を構えて姿勢を低くする角兎。そして……角兎の後ろに、もう一羽、角兎が居た。

「ま、待って！」

このままだと馬が兎を角で突いてしまいそうだったので、馬達を止める。

馬から降りて、馬達の体の下を這って進んで……そうして僕は、馬達の中心、角兎の居るところまで辿り着いた。

角兎は、僕が近づいてもぶるぶる震えているばっかりで、逃げ出さなかった。馬に囲まれている訳だけれど、それでも、馬達の脚の間を逃げていけば、きっと逃げられると思うんだけれど……どうやらこの角兎、逃げられない理由があるらしい。

「……そっちの子、元気がないね」

その理由はきっと、角兎の後ろに庇われるようにして丸まっている、もう一羽の角兎だ。

こちらの角兎は、なんだかぐったりとして元気が無かった。呼吸が荒いのが見て分かる。

「触っても、いい？」

断りを入れて、そっと手を伸ばしてみる。角兎は抵抗しなかった。

ふわ、と、金色の毛並みが柔らかい。ゆっくり背中を撫でてみると、角兎はやがて、ちょっと落ち着いてきたように角を下げて、大人しくなった。

「こっちの子も様子見ていい？」

それから更に断りを入れて、もう一羽の方にも触れる。

こちらは、体温が高いようだった。汗ばんでいるのか、毛並みが少ししっとりしているようなかんじだ。それでいて、ぐったりとした体は弱々しく動くばかり。……外傷は無い。ということは。

「……病気、なんだね」

ぐったりした角兎を撫でながら、ちょっと周りを見てみる。すると、一昨日僕の家から持って行かれたベーコンの塊が、食べかけの状態で奥の方に落ちていた。

もしかしたらこの角兎、病気で寝込んでいるもう一羽の為にベーコンを持ち帰ったのかもしれない。

「薬……は、描いて出せるようなものじゃないよな。ええと、外傷だったら、なんとかできるのにな……」

もどかしいけれど、これは僕の力じゃあどうにもできないやつだ。絵に描き表せるものならなんとでもなるけれど……。

せめて、と思って、水彩画用に持ってきた水の瓶を開けて、綺麗な水を瓶の蓋に出してそっと差し出す。すると、病気の角兎は弱々しくも頭を動かして、水を飲み始めた。それを見て、僕らを襲った方の角兎は病気の角兎に寄り添って、静かに大人しく、すりすりとやっているばかりだ。

……なんというか、襲い掛かってきた時とは別人……別兎に見える。けれどももしかしたら、元々はこういう大人しい気質の生き物なのかもしれない。それが、何か事情があって、あんな風に僕らに襲い掛かってきたんじゃないだろうか。

「どうして君は馬を襲ったんだろうか」

気が立っていただけとは思えない。もっと、何か、理由があったんじゃないだろうか。だって、病気の仲間の為にベーコンを持って帰るような兎なんだ。ただ仲間が心配で気が立っていて、だから馬に喧嘩を売ってきた、とは思えないんだけれど。

「……もしかして、馬を食べようとしていたとか？」

自分で言いつつ、それはないだろうなあ、とも思う。ベーコン、まだ残ってるし。いや、ベーコンの味が気にいらなかった、とか、そういうことはあるかもしれないけれどさ。でも、それにしても……ただ食べるだけなら、絶対に一角獣よりも狙いやすい生き物が居たと思うんだけれど。

……そういえば、この角兎じゃないけれど、一角獣を狙う人間は、居たなあ。

この間の密猟者の人達。彼らの目的は、一角獣の角と天馬の羽だったみたいだけれど……あれは、どうしてだったんだろうか。どうして、角とか羽とかが高く売れるんだろう。確かに角も羽も綺麗だけれど……。

そこまで考えたら、ふと、頭を過ぎるものがあった。

「あの、もしかして……君達の角って、薬になる？」

僕は、そう馬達に聞いてみた。

馬達は、ぶるん、と揃って鳴きながらゆったり尻尾を振って、数度、瞬きする。

……どうやら、角兎は、薬欲しさに一角獣を狙っていたらしい。

そういうことなら、物は試しだ。病気を治すことはできなくても、一角獣の角を一欠片出すくらいなら簡単にできる。

僕は早速、画材を出して、スケッチブックに絵を描いていく。

角は、僕を乗せてきてくれた一角獣のものを参考に描く。ほんのり曇った空みたいな、そういう優しいブルーグレーの角だ。光沢があって、つやつやとして、それでいて金属でもガラスでも無い質感のそれを、慎重に描いていって……。

スケッチブックの上で、絵がふるふる、と揺れて、きゅっ、と縮まって、そして、ぽん。

一角獣の角が一欠片、紙の上に生まれた。

「あの、これ？」

こういうことでいいのかなあ、と思いつつ、まあ、駄目で元々、ぐらいの気持ちで角兎に一角獣の角の欠片を差し出す。……すると。

ぷう、と角兎は驚いたように鳴くと、そっと、僕の手から角の欠片を咥えてとっていく。それを手近な石の上に置いたと思ったら、自分の角で慎重にこつこつやって、細かく砕いて……。

細かくなった一角獣の角は、病気の角兎に与えられた。これは水で溶いたりした方がいいんじゃないだろうか、と思ったので、瓶の蓋に残っていた綺麗な水に角の粉を混ぜて、それを病気の角兎の口元に持っていく。

……病気の角兎は、そっと、薬を飲み始めた。

一口、二口、と飲むにつれ、段々、呼吸が落ち着いてきているようなかんじがする。

そうして、一欠片分の角の粉をすっかり飲んだ頃、病気の角兎は、さっきよりずっと元気な様子で、ぷう、と鳴いたのだった。


ということで、僕らは帰宅。馬達はちょっと呆れ顔と言うか、『来た甲斐が無かった』みたいな顔だ。でも、まあ、これで一羽の兎が助かるなら、まあ、よかったんじゃないかな。

「君達の角ってすごいんだね。綺麗だし、すごくよく効く薬にもなるなんて」

そして、一角獣の角ってすごい。密猟されてしまうのもよく分かる。苦しそうだった角兎がすぐに落ち着いて元気になったんだから、ものすごくよく効く薬なんだなあ。

……あ、馬達がとても自慢げだ。ゆったり瞬きしつつ大きくゆったり尻尾を振って、堂々と歩いている。成程、彼ら、角を褒められると嬉しいらしい……。


それから、翌日。

お見舞いの品として肉の塊を持って、角兎のところへ行ってみた。

「角兎、居る？」

声を掛けながら昨日の辺りに出てみると、ガサガサ、と繁みが鳴って、ぴょこん、と黒い角が覗く。ああ、そこか。

「お見舞いに来たよ。はい、お土産」

肉の塊を大きな葉っぱで包んだものを差し出すと、茂みから出てきた角兎がぴょこぴょこと跳ねながら僕の足元へやってきたので、目の前に肉を置く。角兎は肉の塊を角で突き刺すと、それを軽々と持ち上げてぴょこぴょこと進んでいく。ちょっと進んでは僕の方を振り返るので、僕も兎の後についていく。

そうして案内された先にあったのは、兎の巣穴だった。柔らかい草地の横にこんもりと土が盛り上がった場所があって、その裏に兎が潜れるくらいの大きさの穴が開いている。角兎が巣穴の前でぷうぷうと鳴くと、中からもう一羽、角兎が出てきた。

「よかった、元気になったんだね」

病気だった角兎は、もうすっかり元気そうだ。ぷう、と鳴いて、僕の手にすりすり寄ってくる。ふわふわの毛並みがとても柔らかくて、撫で心地がいい。

僕が柔らかい草の上に胡坐をかいて座ると、角兎は僕の胡坐の中にすぽんと入ってしまう。金色の毛が太陽の光に透けて輝いて、とても綺麗だ。こういう毛並みの生き物って、逆光の時に一番綺麗だと思う。描きたい。

病気だった方の角兎が僕に懐いているのを見てか、馬を狙っていた方の角兎も、僕の方へやってくる。

「……わあ、かわいいなあ」

そうして二羽揃って僕の脚の間に仲良く収まってしまった。こうしてみると凶暴さも何も無い、ただ角が生えているだけの綺麗な兎だ。

二羽の角兎は、時々もそもそ動いたり、鼻面で僕の脚をつついたり、小さな前脚で太股の上に這い上がって、僕のお腹の方へ体を伸ばしてきたり。そんな調子だから、僕としては太股の内側がくすぐったい。

撫でさせてもらえば、柔らかな毛の下には確かに筋肉があって、それがしなやかに動くのが分かる。長い耳には確かに血液が流れていて、触れると温かい。小さな口は確かに呼吸をしていて、その息遣いも分かる。

小さな小さな生き物なのに、ちゃんと、生きてる。それがなんだか不思議なかんじだ。


折角だから、そのまま角兎達を描かせてもらうことにした。『ちょっと描かせてね』と断りを入れれば、賢い兎達はできるだけ動かないように頑張っていてくれた。

逆光の中、透けて輝く毛並みとつやつやした角は、予想通り、描きごたえのあるモチーフだった。繊細で美しいモチーフをできるだけ鮮明に描けるように、色使いには気を遣う。ちょっと影の色をくすませることによって、明るい部分をより鮮やかに見せる方針でいくことにした。

それから、角兎の小ささをちゃんと表現したかったので、足元の草もちゃんと描く。草の大きさが分かれば、兎の小ささも分かるから。けれど、草の柔らかくてしっとりした光沢は、やや抑えて。あくまでも主役は角兎。

……ということで、その日はひたすら、角兎を描いて過ごした。草原で跳ねている角兎。肉を食べている角兎。昼寝している角兎。遊びに来た一角獣に囲まれて、ちょっと緊張しながらもその内打ち解けてきたのか、昼寝する馬のお腹にもたれて昼寝し始める角兎……。

色々描いたけれど、じっとしていてもらったのは最初の一枚だけだ。（勿論、昼寝している時は大体じっとしていてくれたけれども。）一枚描いてしまえば、角兎の大体の形が掴める。後は自由にしてもらって、目についた構図を頭の中で整え直しながら描いていく、という方針でいった。

……特に、馬と兎が一緒になっている構図が面白かった。どっちにも角があって面白い。お互いの体のサイズは全然違うから、一頭と二羽が一緒に昼寝している様子は、画面への収まりがすごくいい。中々楽しませてもらえた。

……ということで。

馬を襲いに来た角兎はすっかり落ち着いて、森の中で静かに暮らすことになった、らしい。普通の兎達と交ざって何かしている様子もたまに見かけるようになったし、森の中で暴れることも無くなって、森はまた、落ち着きを取り戻していた。

そんな森にいくつか変化があったとすると、まず、一つ目に、時々、森の中央部まで角兎がやってくるようになった、ということ。

そういう時は大抵、僕に花や木の実を持ってきてくれる。僕はそのお礼に肉を描いて出して、二羽にプレゼントしている。ついでに描くこともある。いつもありがとう。

それから二つ目に、馬と兎が仲良くなった、ということ。一角獣達は勿論、天馬も角兎と仲良くなった、ように見える。角兎が遊びに来ると、馬達が出迎えているのが面白い。

そして三つめに……馬だけじゃなくて、兎も、僕にいい風景の場所を教えてくれるようになった、っていうことだ。


白い花がたっぷり垂れ下がる木の下に到着したので、そこで早速、絵を描き始める。ほら、描きかけで止まってしまってたやつ。

下塗りまでは終わっていたから、そこからは早かった。花に淡い色で影を描きこんでいって、光りに透ける花弁の明るさを損なわないようにしつつ立体感を表現する。木の幹や枝は、白い花とは対照的に、ちょっと濃い色味で。

……そうして午前中に絵が完成したら、そこに、角兎がやってきた。

ぴょこぴょこ跳ねる兎は、馬に近づいていって、馬の角と自分の角を軽くぶつけ合ってコツコツ音をさせた。……角がある生き物同士の挨拶らしいよ、これ。

そうして挨拶を済ませた一角獣が、僕を角で掬い上げて、ひょい、と自分の背中に乗せる。僕が馬の背中に収まると、角兎がぴょこぴょこ跳ねてやってきて、馬の頭の上に収まった。

……そしてそのまま、角兎の案内で一角獣が歩き出す。


「……わあ」

そうして角兎の案内の下、一角獣に運ばれた先は……木苺がいっぱい実っている繁みだった。

早速、と言わんばかりに、角兎は馬からぴょこんと飛び降りて、木苺を食べ始めた。馬も茂みに顔を突っ込んで木苺を食べ始めたので、僕もおひとつ。

「甘いね」

木苺は甘くて、きゅっと酸っぱい。頭がすっきりする味、っていうかんじだ。元気が出る。

「……よし」

元気が出たところで、僕は早速、画材を出す。深い緑の茂みの中、宝石みたいにつやつやした木苺が沢山実っている光景。すごく綺麗なんだよ。

僕が下描きを始めると、馬は『またか』みたいな呆れた顔で、ぶるる、と鳴いた。角兎はちょっと不思議そうに首をかしげてから、『まあ、こういう人なんだな』と納得したらしくて、僕のことは気にせず、木苺を堪能し始めた。そして僕は描いた。ひたすら描いた。ただただ描いた。満足のいくまで！


……こうして、僕は森のあちこちを紹介してもらっては描く日々を送っている。

綺麗な風景、変な生き物。沢山のモチーフがこの森にはあるみたいだから、まだまだ僕は、この森を描き切れそうにない。とっても幸せなことに！

あとがき

この度は『今日も絵に描いた餅が美味い』をお読みくださり、誠にありがとうございます。更にはあとがきまでお読みくださりこちらもありがとうございます。

さて、本作は『小説家になろう』上でも公開しているものとなりますが、書籍化にあたってウェブ版をベースに諸々の描写時々シーンを足し、この形となっております。しかし書き下ろしは一万文字ぐらい書きましたので、ウェブ版で既にお読みになってらっしゃる方もこれでご勘弁ください。

しかし、二巻は違います。二巻はウェブ上のものから大幅に変わります。既存キャラクターもちょっと印象が変わったり深まったりするかもしれません。あまり大それたことは言えませんが、何はともあれ、ウェブ版をお読みになっていらっしゃる方もそうでない方も未来の自分も、是非、二巻をお楽しみに。

ところで、本書をお読みになった皆様のお気に入りのキャラクターは誰でしょうか。イラストがつくことによってより魅力的になったキャラクターを前に、作者は顔がにやけっぱなしでありります。

が、選ぶとしたら作者のお気に入りは鳥です。鳥さんがお気に入りです。鳥なのにデカくて態度もデカく、そして、人の言葉や感覚が微妙に通じていないところが気にいっております。

ところで、編集さんと何かの打ち合わせをしていた時、こんな会話がありました。

「もちもちさん、どうして鳥をデカくしようと思ったんですか？　鳥がデカいってあんまりなくないですか？」

「いや、青い絵の具になりそうで、かつ森にありそうなものを考えたら、コマツグミの卵かモルフォ蝶かな、と。そして異世界の生き物ならやっぱりデカい方がいいじゃないですか。インパクト欲しいじゃないですか。でもモルフォ蝶がデカいと……」

「……怖いですねえ！」

と。まあ、こういうことです。だから鳥です。デカくても怖くないような、フワフワの羽毛とつぶらな瞳、青くてつやつやの卵と人外の感覚、そして何よりも、尊大な態度をお持ちの鳥さん。そんな鳥さんが生まれたのです。

以上、鳥さん誕生秘話でした。秘話って程でも無いですね。なんでしょうか。微話とかですかね。びわ。いや、これはこれで果物みたいになりますね。駄目だこれは。


さて、閑話はさておき、本作は多くの方々に大切にして頂いて、本になることができました。イラストをご担当頂いております転さん、コミカライズをご担当頂いております梅渡飛鳥さん、編集さんとTOブックスさん、そして読者諸賢によって、この本は作者にとって大満足な仕上がりとなりました。自分が大切にしているものを大切にして頂けていることを心より嬉しく思っております。末筆ながら、皆様へ厚く御礼申し上げると共に、今後とも本作をどうぞよろしくお願いします。

CHARACTER

梅渡飛鳥先生の

コミカライズ決定を記念して

キャラクターデザインを大公開！

鳥

今日も絵に描いた餅が美味い

2021年12月1日　第1刷発行

著　者　もちもち物質

発行者　本田武市

発行所　TOブックス
〒150-0002
東京都渋谷区渋谷三丁目1番1号　PMO渋谷Ⅱ　11階
TEL 0120-933-772（営業フリーダイヤル）
FAX 050-3156-0508

印刷・製本　中央精版印刷株式会社

ISBN978-4-86699-365-2